月亮出来

杨　莙著

天津出版传媒集团
百花文艺出版社

图书在版编目（CIP）数据

月亮出来 / 杨君著. —天津：百花文艺出版社，2022.7

ISBN 978-7-5306-8239-5

Ⅰ.①月… Ⅱ.①杨… Ⅲ.①短篇小说—小说集—中国—当代 Ⅳ.①I247.7

中国版本图书馆 CIP 数据核字（2022）第 009152 号

月亮出来

YUELIANG CHULAI

杨君 著

出 版 人：薛印胜

选题策划：胡晓童 **责任编辑：**李 信

装帧设计：中联华文

出版发行：百花文艺出版社

地址：天津市和平区西康路 35 号 **邮编：**300051

电话传真：+86-22-23332651（发行部）

+86-22-23332656（总编室）

+86-22-23332478（邮购部）

网址：http://www.baihuawenyi.com

印刷：三河市华东印刷有限公司

开本：710 毫米×1000 毫米 1/16

字数：125 千字

印张：9.25

版次：2022 年 7 月第 1 版

印次：2022 年 7 月第 1 次印刷

定价：58.00 元

如有印装质量问题，请与三河市华东印刷有限公司联系调换

地址：河北省三河市汇福路 68 号

电话：0316-3313228 邮编：065200

目　录
CONTENTS

月亮出来

1

月亮越升越高了吧，尽管卧室里并不像郭劲说的那样，“月亮越升越高的时候，屋子里银银的一片”。

枕边的鼾声如同一场夏雨后的野山菌，蓬勃起来。我斜靠在床头，面前摆一本杂志，绝不是有多爱学习，我这人，从来就没爱过学习，不过是觉得，睡眠不好的人，睡前翻翻书，或许可以快点儿入睡罢了。

看着看着，一排排的字终于洇了水似的变得模糊。很多年以后，我又一次从杨红的家中走出来，又一次踏上了那条叫做槐花的小巷。

悠长的小巷并不寂寥，不只是因为巷口那棵老槐树上的新芽正四处打望，也不只是因为某户人家的麻猫儿在阳光下四仰八叉地显摆着它的白肚皮，更不只是因为一群小鸡正为石板缝里的几粒碎米而你争我夺，闹欢不已。最重要的原因是我的手上捧着杨红借给我的琼瑶小说《海鸥飞处》，这样一本书足以让任何寂寥都靠边站。

我家的书不少，品种也多，可我爸不允许我读琼瑶的书，即使我已经20岁，参加工作一年多了，也仍然不被允许看这类他所说的“乌七八糟、伤风败俗”的书。当然，我自己也认为，喜欢看这样的书确非一件值得拿出来炫耀的事。

我爸是军人出身，嗓门很大，身材魁梧，脾气暴躁，从前他探亲回家，一身军装的“陌生”男人仿佛一座铁塔矗立在门口，动也不动就把我弟直接推到他幼儿园还未毕业的姐姐怀里。弟弟叫夏拥军，只是他从来也不会去拥抱面前的那位军人，他惊恐不安地拥着他的姐姐，两个人咧开嘴巴哇哇大哭。随着年龄的增长，我已经学会用强压住内心恐惧的方式来维护面子，弟弟却一直表现着他的胆怯，都上高二了，若是做错了事，我爸依然无须劳驾他的大嗓门，只消把两颗大眼珠子一瞪，就会把他的儿子逼退到墙角。在我和弟弟的抱怨中，我爸拥有了不少绰号：夏古董、军阀、后母戊大方鼎……

上高三时因为我上课看小说，我的双亲收到了班主任老师的“邀请函”。我妈那双美丽的眼睛绽开朵朵泪花，她不断重复着让我不要再看课外书的话，并承诺等我毕业了，想看什么书就看什么书。

我爸在我和弟弟面前无疑是老虎，在我妈面前也是，但会缩小成袖珍版，类似于猫。但对于看什么书的原则性问题，他刹那间便会恢复山中大王的本来面目，只见他瞳孔猛地膨胀数倍：“那怎么可能？我在一天，就要管一天！”那声音，震得我头皮发麻，连心尖都冰凉了起来。

杨红和我一样爱看小说，可是她想看的书却都可以出现在家中。杨红是我同学，从初中到高中都是同班，至于关系要好，则正如老师冷笑着说的那句话，“跟穿一条裤儿一样”，因此两人携手在高考中落榜，也是再正常不过的结局。待业半年后，经过培训、考试，我俩和小城的待业青年们一道参加了工作。杨红成为县机械厂的工人，我到经委分管的一个局里当了一名打字员。

我从小就羡慕杨红，她竟然还可以挽着她爸的手臂说说笑笑。杨红她爸不会像我爸一样管着我看书，杨红她爸认为，不都是新华书店卖的书吗？有什么不能看的嘛！

我家与杨红家离得近，只隔着一条槐花巷，她买到或者借到琼瑶的书时，我便会雷打不动地出现在巷子里。

《海鸥飞处》——我又一次扫了扫书的封面，把这只珍贵的“海鸥”贴在心窝处。那天我穿着的那件红色娃娃衫，是小城刚流行的衣服款式，衣襟处有两个乒乓球大小的同色布球，衣摆各斜置一个有些夸张却更显俏皮的口袋。这件衣服让我的心情锦上添花，我一路哼唱着《射雕英雄传》里的歌曲。这部香港拍的电视剧正在播出，剧情十分吸引我，歌曲也好听，其中的几首粤语歌，我是单位里第一个会唱，且是唯一一个唱得字正腔圆的人。

“射雕引弓塞外奔驰，笑傲此生无厌倦”，小巷里不时有人从我身边走过，我却不管，任凭那慷慨激昂的歌声在青石板上笑傲奔驰。

走到巷子拐弯处，一阵歌声飘了过来，我正琢磨是什么歌呢，就见一个人的胸膛忽如一堵移动的墙扑面而来，把我撞得七荤八素，一连几个趔趄才站稳，而那只“海鸥”就从我手中飞了出去，摔在石板上。那个人倒稳稳地站着，手中拎着水果糕点。

“你这人怎么回事啊？走路不看路吗？”我鼓着一双得了我爸真传的大眼睛，气急败坏地冲他喊。平心而论，其实我也没看路，不然早就及时躲开了。

“不好意思，不好意思。”他赶紧弯下腰去，拾起“海鸥”来，噘着嘴，吹了几下，然后把包裹的提手套在手腕上，将“海鸥”双手奉上。

“撞疼了吧，实在对不起啊！”他咧着嘴，露出白牙。

“但愿没把你撞疼就好。”我没好气地说。

其实，我倒是希望他也被我撞疼了，好歹公平些。书上说，力的作用是相互的，如此他确实被撞疼了亦未可知。与我相撞的人穿着一身军装，个子有点儿高，洒向巷子的阳光全给匀到他身上去了。这人肤色黝黑，长得还算不错，有一点儿像电影里的男主角，浓眉大眼，很是正派。

他也盯着我看，双目炯炯。

“我脸上有花呀？”我忍不住白了他一眼。

他讪笑着挠了挠头皮，“不好意思，那就……再见了啊！”跟我挥了挥手，又唱起歌，径直向巷子里大步走去。

我抱着杨红借我的“海鸥”，走着走着便慢下了脚步。这……这怎么有点儿像琼瑶小说里男女主角初遇的情节呢？如果他的脸不是那么黑，如果他穿一件套头毛衣和一条洗得发白的牛仔裤……

一时间，我微红了脸，胡乱想些什么呀，不过是一条老巷子里偶遇一个人，够得上琼瑶小说那种浪漫得不行的情节吗？再见？百分之九十九点九九九是不会见到了，剩下的那一丁点儿机会，也许有，在梦中吧。我没趣地冷哼一声，加快了脚步。

2

门是虚掩着的，一推开，黄立新就弹簧般从沙发里站起，镜片后的眼睛放出亮光："回来了？"平时那么稳重的人，此刻却这么沉不住气。

都到吃晚饭的时间了，怎么还坐在别人的家里不走？几乎同时，我妈的声音和土豆烧肉的香味一起飘来，"下班就回家嘛，给你说了多少遍了，怎么老是不听？"我妈是一名高中语文老师，分外敬业，甚至有时连学校和家庭都分不清了，经常把已经工作的女儿当成自己的学生。

我"唔"了一声，便往我的房间走去，将"海鸥"放在桌上，打算趁饭前拿下几页，不想我妈影了似的无声无息飘了过来，吓我一跳。她压低了声音道："你又去杨红家了吧？你立新哥哥等你半天了，估计你快回家了，就先把门打开，哪儿去找这么细心的人哟！"

听了我妈的话，我身上直起鸡皮疙瘩。我把书往抽屉里一扔："行了，行了，该吃饭了吧，人家立新哥哥等半天了，怕早就饿坏了。"

黄立新是我爸老战友的儿子，属于千军万马过高考独木桥时没有被挤下去的幸运儿，尽管不是本科，照样是刚出炉的热烧饼，抢手得很，一毕业就去了县委组织部工作。对于他最近总来我家的举动，我妈和我爸那像被寒冰覆盖的脸，也仿佛得了春风的眷顾一般，活泛了起来。

因为黄立新的到来，我爸立刻从一堆报纸里抬起了他沉重的屁股，很轻松地坐在黄立新身边，高谈阔论，笑声震耳，他把宝贵的饭前读报时间慷慨地奉献给了他老战友的儿子。

吃饭时黄立新说要请我看电影，他说买了晚上八点的电影票，是反特故事片，非常惊险好看。"买票的人排起了长蛇阵。"他说票很抢手，是托人买才买到的。

"你开玩笑吧？"我惊呼，现在哪个人晚上不是守在电视机前看《射雕英雄传》？电影票就是不要钱，怕也没有几个人愿意进电影院看电影吧。我很想直接说出来，却不敢，我爸在旁边呢，听我这样一说，待会儿《新闻联播》一看完他就会把电视关了，那不得把我给急死？

还连累我弟也跟着着急。电视机在爸妈卧室里，弟弟那么怕我爸的一人，每天晚自习回家后，也会从门缝里偷看一会儿“射雕”的“英雄”。

“我没有开玩笑啊，真的。”黄立新一脸无辜，“我托同事去买的，他回来就这样给我说的，难道是他在开玩笑?”

“没事，我也就随口一说，我不去了，还要看书呢!”随后又在我妈意味深长的一瞥中补上一句，“自考的书。”我正在函授学习汉语言专业，自认为我也只有读这个专业才有毕业的机会。

“你那些书，”我妈在声音里撒下了几星火药末子，“我就不信一个晚上不看能耽搁你什么。”

“没啥没啥，阿姨别说她，我们改天好了，反正又不是买不到票。”黄立新很及时地呵呵一笑。

饭后我立马变身为书虫，迫不及待地钻进了我的书堆中，直到我妈扬起嗓子喊我送送黄立新，谁不知道她加大了音量的用意！我唔唔着，偏就不出去。

黄立新对我妈说不用了，让我专心看书。

黄立新的性格和他的长相挺般配的，温和，斯文，他和黄老邪是本家和同辈（我让他做了黄老邪的兄弟，我背后叫他黄老实），他若是能有他那厉害兄长一丝一毫的邪气，说不定倒可爱许多。不过话说回来，这种事谁又说得清楚呢，像靖哥哥，迟钝木讷得非同一般，人家冰雪聪明的俏蓉儿不是一样喜欢得紧?

3

不到两天，那只“海鸥”已被我阅尽肠肝肚腑，得还给杨红了，人家主人都还没看呢。

走到巷子拐弯处，我忍不住慢下了脚步，和前天路过这里时一样，槐树的新芽儿、猫、小鸡，仍聚在此处，懒洋洋地消磨春日的下午，只是那个人，那个双目炯炯、又高又黑的兵哥哥，却再也不会出现在眼前了。

杨红家的门和往常一样开着，一阵说笑声远远传来：“来客了?”我犹豫了一下，依旧探头探脑地走了进去。

长条木椅上坐着一个人，他在看到我的时候，猛地将嘴边的话踩了个急刹车，一张黝黑的脸上双眼圆睁，半张着嘴。当然，我也有着与他同样可笑的表情。

眼前的这人，正是那个还有百分之零点零零零一可能见面的兵哥哥，尽管他穿着一件褐色的茄克，我也换了一件墨蓝色的运动服，可是，这又有什么关系呢？无论换上什么衣服，都会在巷中的那一撞面前败下阵来。

“你，你们，难，难不成还认，认识?”杨红看看他，又看看我，变成了结巴。

我这才回过神来，平复了一下左奔右突的心脏，我尴尬地摇了摇头：“不认识，只是见过。”

“那天在巷子里，我不小心撞了她。”他又露着白牙面对我，“对不起啊！”

杨红把我按在条椅上坐下，说：“我来介绍一下，他是我二哥，郭劲。”

“郭——靖——”我拉长了声音，“郭大侠啊！”

“郭大侠？”郭劲一脸茫然地重复了一遍。

“你，你，难道，难道不晓得郭靖？”我也成了结巴。

“当然晓得了，”他那好生诧异的样子，用当今的话来说，就是一脸萌态，“我不就是嘛！”

这不是明摆着笑死人不偿命吗？我啪啪地拍腿，让笑声来了个总爆发。

“我的天！”他直直地看着我，突然一声惊呼：“这，这这这，到底有什么好笑的呢？”哈哈，今天这是怎么了，全都成结巴了。

这下轮到杨红一阵前仰后合地笑。

“二哥，你怎么知道我同学的名字，她叫夏天，我们同学都叫她天儿。”说完还嬉皮笑脸地拉长声音重复了一遍，“我的——天！”

对，我就是夏天，夏天就是我。我爸姓夏，我生于六月，妈妈就给我起了这个名字，稍显简单，但绝对不俗，比同学里那些丽啊霞啊芳啊什么的，强了不知多少。

杨红的话让我的脸好一阵发烫，于是我假装被厨房的油烟呛到，拿手捂着半边脸，努力地干咳起来。

我的假咳提醒了杨红，她说妈妈在厨房很长时间了，得去换换。“你也不许偷懒，跟我一起做事去吧。”拉着我就去了厨房，准是有许多话想对我说。

杨红说郭劲是她妈妈的堂兄的儿子，在新疆当兵，以前只是听她妈说起过，这次见到了，才知道这个表哥太不一般了。“罗布泊呀，天儿，听上去太神秘了吧？茫茫戈壁，漫漫黄沙，”杨红诵诗般仰起她那张银盆大脸，“我二哥就在罗布泊的一个哨所里，不怕苦不怕累地守着那块荒瘠的大漠，那样的环境里能看上电视？能知道郭靖郭大侠？我二哥那个村比他晚当兵的人全都回来了，他还坚守在那个偏远荒凉的地方。哦，对了，”杨红回首冲我眨了眨眼，“你绝对想不到吧，我爸曾经准备把我二哥介绍给你。”

我惊了，赶快转过身去，把择下来的黄叶子丢进垃圾桶。

“可我妈当时就否决了，说就你妈眼光那么高，不愿意也就罢了，只怕还要怪上我们。”

杨红又继续讲述她二哥的英雄事迹。

“哨所人少，我二哥又是班长，班上什么事离得了他？要不是这次回来相亲，他就不会请假回家，那么，我到现在都还不知道，我还有这样一个优秀的哥哥，”杨红头一抬，眉毛一挑，拖长了声音道，“在那遥远的地方——”

我从杨红滔滔不绝的声浪中捕捉到了“相亲”二字，那已经受了一点皮外伤的心脏咚的一声，向无底的深渊致命坠落。

“你二哥肯定很满意吧，看他满脸都是笑。”我有气无力地说着。

“嘿！”杨红瞪着眼睛，“我妈把她们医院那个护士的照片寄给我二哥看过后，他也满意，这才回来见面的。前天他们两人在我们家吃了饭。要说这护士，我觉得比照片上还要好看些，她对我二哥的感觉也不错。不过天儿，你怎么想都想不到，他突然又不愿意了，你说奇怪不奇怪？”

怎么想都想不到，我离家出走的可怜的心脏，在滑向深渊的途中奇迹般地遇上了一根救命的弹簧，又咚的一声踏着欢快的节奏回到胸腔。

原来，相撞于槐花巷的那天正是他相亲的日子。我偷笑着，手中几叶最不喜欢吃的木耳菜，居然也散发出阵阵清香。

4

身旁的鼾声已停息，迷迷糊糊中我的耳边滚过一串字眼，那是女人的名字吧，甜甜，婷婷，还是青青？说梦话的人嘟囔几声后，又像尝到了什么美味似的吧唧着嘴。我的心头涌进一阵说不出的厌恶，真想一把将他从床上拎起来，扔到门外去。转而又冷冷一笑，谁知自己有没有说过梦话，有没有在梦里喊过谁的名字？就像我有一次梦见茫茫大雾中我与一个面目虽不清晰却清晰地知道我是谁的人相见，“天儿”，他一开口，我的眼泪就开始奔流。然后我等着他的千言万语，这么多年了他定然有很多话要说，同我一样，谁知他只说了三个字，便决绝地转身离去。他说的是，“我走了”。雾越来越大，他走得越来越快，像在飞，云雾托起了他，他被云雾裹挟。我又着急又伤心，一边追一边喊，可是，一双腿无论怎样用力也无法迈开，一张嘴张得再大，也无法发出一丝声音。就这样，我眼睁睁地看着那人越飞越高，越飞越远，终于消失不见。我被大张“你怎么啦，你怎么啦”喊醒的时候，仍能感觉到自己剧烈的心跳。

我坐了起来，点上一支烟，然后靠在床头，看缕缕轻烟扭着杨柳腰，戏弄我浮肿的眼皮。以前一见到抽烟的人，我就会以手作扇，毫不掩饰心中的反感，对抽烟的女人就更是看不惯了。

我顺势把一个烟圈吐在旁边说梦话的人的那张脸上，这个正在梦境中的人半张着嘴巴，没有丝毫反应。他是夏拥军公司的一名员工，姓张，大个子，大眼睛，公司里的人都叫他大张，比我小许多，我小学毕业那一年，他才出生。有时我觉得自己的年纪也不小了，还挺赶潮流的，现在不是正流行姐弟恋吗？呵呵！可这能算是恋吗？他的出现不过是为了填补我心中在夜幕降临时那空荡荡的冷寂。

也不知道被屏蔽在两层窗帘之外的月光，此刻又被哪座高楼阻挡。我掐灭了烟，拾起掉在一边的书，随手翻着，继续等待睡意的来临，我期盼着能像歌里唱的那样，在月光里沉睡，不再醒过来。

那天晚上的月亮多好啊，那么圆，又那么亮。在郭劲自告奋勇要送我回家的那个晚上，我没有控制住自己的心，难不成夏天的爱情就这样拉开了序幕？我还从没喜欢过谁呢。如果不是初春的夜风让脸上有沁凉的感觉，我真怀疑这是一场花好月圆的梦。

走出杨红家时，我问他相亲为什么没成，他低下头，指了指胸口："哎，前天那一撞，把我这儿撞出问题了。"

我一时还搞不清这样的话是不是太直白、太随便，且油滑了一些，不过我也不是一般人，我指指脑袋："没把你这儿撞出问题就好。"

他说："你还真说着了，就是撞出问题来了。"他又指了指脑袋，"明显变笨了，再也装不进别人啦。"他突然仰起了头，一声感叹，"今晚的月亮真好啊！基本可以和新疆的月亮媲美了。"

于是，我和槐花巷沐浴着溶溶月色，一起听他讲新疆的月亮。

"新疆的月亮又大又圆又亮，更别提大漠戈壁的月亮了，无遮无挡地挂在天上，我第一次见到的时候都不敢相信那是真的。"

我嘻嘻地笑。

他却一下子认真起来："你不信啊？那你愿不愿意跟我一起去新疆

证实一下?”我的脸霎时变成一块红布，幸好是夜晚，才没有暴露出来。郭劲并没看我，而是继续说：“你见过之后准会想，这人真没水平，几句话就把那么好看的月亮给打发了。”

停了一会儿，他又说：“我这个人挺没出息的，每次月亮出来的时候，就特别想我妈。”

郭劲说父亲在他不到十岁时就过世了，给母亲留下了三个未成年的孩子和田头坡上做不完的农活。如今姐姐和妹妹都有了自己的家，母亲一个人生活，而他两三年才能见到母亲一次，见一回，母亲就又老了两三岁。

我们也只是第二次见面而已，可眼前的这个人已经在和我说心里话了。说着说着，郭劲沉默下来，不觉就把我落下几步。

我慢吞吞地踩着一地月光，随口哼起了《小河淌水》：“月亮出来亮汪汪，亮汪汪——”

郭劲来了个猛回头：“你怎么不唱了，接着唱呀，唱下一句，下一句。”虽是夜晚，虽是低着头，我仍然可以肯定，对面的那双眼睛，像月亮边的星星，一闪一闪亮晶晶。

我又红了脸，有些恼怒地不开腔。

他自知冒失了些，便傻乎乎地挠了挠脑袋（这举动，太像郭靖)，接着讲新疆的月亮：“月亮越升越高的时候，屋子里啊，那是银银的一片，如果你会写诗，绝对会写出很多很美的诗歌。”

我看着郭劲笔直得像块钢板的背影，突然觉得他还有一点文艺。天上的月亮玉盘似的莹润、皎洁，我从未看过这么美的月亮，那成千上万吨银色的光或水，被那面玉盘哗啦啦倾倒下来，脚下的青石板银银的，青石板两边的老房子银银的，远处那棵老槐树以及整条槐花巷，甚至整个天地，都是银银的一片。

但一周之后，我就只能在纸上听郭劲谈新疆的月亮了，我在一封封来信里感受边塞雄浑苍茫的美，也感受大漠戈壁带给郭劲的艰辛。

信，读着读着就不一样了。

信封背面多出一颗红心的图案，占据了三分之一还多的纸面。信的抬头也变了，他不是为省事吧，“夏天”的“夏”字不见了，并要我也将抬头换了，他说“我既为郭人侠，你就应该叫我劲哥哥啊!”

5

两年后，郭劲回家探亲，他提议要见见我爸妈，我有点儿心虚，我还未向我妈汇报过这事呢，尽管她那雪亮的眼睛似乎早已洞察了一切。

“那就先上我们郭家坝好了。”郭劲说。

一坝油绿油绿的蔬菜围拥着的房子，使得房子显得晦暗破败。虽然我早知他家的情况，但面对那竹篾和黄泥巴糊的墙壁，我还是吓了一跳。又暗骂自己沉不住气，以后我和郭劲会在这里生活吗？真是的。

几乎同时，郭劲的三姑六婆、兄弟姐妹就黑压压挤了一屋，他们齐齐拧开眉毛下两盏雪亮的探照灯，对我从上到下无所顾忌地来了一番疯狂照射。郭劲妈更是将一双眼睛寄放到我身上了，只是她的目光除了惊喜、慈爱，还有一分讨好，生怕哪儿做得不好，怠慢了这个城里来的姑娘，这老郭家未来的儿媳妇。想来也是，郭劲年底就 26 岁了，在乡下，这样的年纪岂止是娃他爹，是二娃三娃们的爹了。

饭后我去了郭劲屋子，说是屋子，不过是一道篾笆墙壁隔出来的两个小格子间之一。屋里有一张极窄却连铺床的干稻草都遮不住的床，床边有一个极小的柜子，这两样便把这格子间占满了。柜子上放着的笔记本上记着些哨所的零碎琐事，在里面，我居然翻到一首诗。

“你还会写诗呀，怎么从来都没和我透露过？”我嚷嚷着，摇晃着手中的本子。

“饶了我吧天儿，那也能算是诗？快别看了，丢死人了！”郭劲伸手来夺本子，竟红了脸。

6

有一天，郭劲对我说：“你已见过你的婆婆，就不能再拦着我去拜见我的岳父岳母了吧？”

“那就，见一面吧。不然还能怎样？”我回道。

那次见面，几个人很配合地展出了各自的笑脸。

我爸跟见到黄立新那样哈哈笑着，只是那笑声里，多了一种如逢旧友般的感慨，以及重回戎马时光的豪情。我妈眉眼弯弯，嘴角两盏酒窝斟满了笑意，像领导访贫问苦般亲切询问“今年收成如何，够吃吗，够用吗”，对郭劲嘘寒问暖，关怀备至。郭劲的笑沉甸甸的，有几分激动、几分感动，剩下的全是喜悦。我也笑着，却是皮笑肉不笑，我太了解我妈了，她那热情的笑容里暗伏着冰霜。

果然郭劲一走，我妈立刻换下了那张优雅的笑脸：“老夏你说天天这是怎么了，她知不知道自己在做什么，她这是存心要把我急死吗？”

我爸对他老婆欲哭无泪的表情有些不以为意：“你看你，这有什么着急的嘛，我倒觉得这个小伙子还可以。”

“可以？那立新呢，人家立新就不可以了？”

“我又没说立新什么，是夏天不愿意嘛。她的终身大事还得她自己做决定。”

“你的意思是她不愿意就随她？你就是这样当父亲的吗？”

我爸一挺胸脯：“这当兵的人，实诚！”

7

又是一年过去，郭劲没有回家探亲，也没有像往常一样给我寄信。

原本频频南飞的鸿雁突然矜持起来，许久不曾露面。直到一封抬头为“夏天”的信将我从春天打入严冬。

除了笔迹，我看不出还有什么东西是他的。

那是一封分手信。分手的理由是太远了、他的条件太差了、他的性格不好不适合我……措辞万分客气，显得万般生疏。

血，轰隆隆就往脸上涌，我想都没想，就跑去找杨红。

杨红摇着头说怎么会这样，可她瞒不过我，她那张脸上，惊讶、不解、遗憾等等表情明显堆积得不够。

“你不说是吧？”我做咬牙状，“好，那我马上到新疆去，当面跟他问个清楚。”说罢转身便走。

“好好好，我惹不起你好吧。”杨红一把拉住我，那神情分明是憋了很久其实早就想告诉我了，“不过你必须答应我，不许对你妈说，因为我答应过我二哥绝不告诉你。”

我不耐烦地嗯嗯着。

“是你妈不让我二哥跟你来往的。”

我瞪大了眼睛。

“你妈给他写了一封信。”

我再度瞪大了眼睛，不只是惊异、恼怒，还有对郭劲的鄙夷：“他就那么听话，一封信就让他放弃了？还郭大侠，你看人家郭靖，那才是真正的大侠，江南七怪不许他跟黄蓉来往，他听了没有？他说就是普天下的人要一齐跟黄蓉为难，也要始终护着她。”

“别跟我扯那些没用的，别说普天下，天底下有几人跟你为难？江南七怪是命令郭靖，而不是去请求黄蓉，你妈走的是和江南七怪相反的路线，她是去请求我二哥！那还不得列出一万条你们在一起对你不利的理由，像你妈那样优秀的高中语文教师，为了女儿还不把一封信写得情真意切，涕泪交加？像我二哥那样重情重义的人，为了你，也为了成全你妈那颗当妈的心，还不得忍痛割爱，从你们的恋爱中退出来？”

杨红一张小嘴还在那儿喋喋不休，我已如同一颗弹珠蹦进了槐花巷中，一边傻笑，一边抹着不断从眼角渗出的眼泪。郭劲这小子，定是算准了我要去找杨红，因此先透露出去，以后我们的事成了，他丈母娘也怪他不得，哼哼，这如意算盘打的，我必当面问得他连声告饶。

动身去找他的念头，就是在我刚走出杨红家的时候冒出来的。我一分钟也待不住了，只想立刻扑进西域哨所中那副重情重义的胸膛里。

给单位请了假，称身体不适要去成都检查，给我妈说的则是要和同学去成都玩几天，看看武侯祠、杜甫草堂以及都江堰什么的。

我妈说：“出去散散心也好，看你这几天好像很不开心。”

我的亲妈，现在我非常开心！开心得差一点儿就说出来不开心全都拜她所赐。但小不忍则乱大谋，我一脸平静地听着她对我的种种叮嘱。

之后，便一阵风似的到邮局拍电报：四天后至驻乌市办事处。电报内容写好后又觉不妥，担心他不知真相心中着急，遂再加二字：知你。

24 岁，第一次独自离家远行，我的心中五味杂陈。

卧铺车摇晃了一夜后，终于到达成都火车站，我也摇晃着下了车。

火车站真大呀，比小城的汽车站大了十倍不止，售票窗口前逶迤着条条长龙，排到我不知会哪年哪月。正心急时，迎面走来一个中年妇女，生得一张大饼脸，声音很黏，柔和绵软。

“妹儿，你是要买火车票吧?”

我嗯了一声。

“那妹儿到哪里去?”

“乌鲁木齐。”

“哪天的?”

“今天。”

“今天?”她的眼睛瞬间睁大，“妹儿，你今天走今天才来买票哇?莫说今天，就是明天、后天、大后天，也买不到票哟。”

这下轮到我的眼睛变大，“那怎么办啊，我有急事耽搁不得的。”

“妹儿莫急，我有票，保证你赶上今天的火车，你跟我去拿票就是。”

分明是救人于水火啊！这世上，还是好人多。我赶紧尾随她上了一辆长安车。车内已有五人，除开车的和副驾上一个留小胡子的人外，还有一个退休工人模样的老头儿，一个五十多岁的农妇，一个年龄和我差不多的短发女子。这三人应该和我一样，都是去拿火车票的。交谈中我得知短发女子也要去新疆，不由得喜形于色，短发女子倒极为稳重，只浅浅一笑，并未多说话。

楼房一座座地快速往后退去，车窗外越来越荒，车窗内也越来越慌。听退休工人小心问道：“师傅，我们这是去哪儿呀?”

“拿票噻。”好一阵那开车的人才不耐烦地说。

“咋个这么远嘛，师傅。”退休工人虽笑着，却遮掩不住声音里些微的哆嗦。

司机懒得作声了，拉我上车的女人说：“有票拿都谢天谢地了，还嫌远!”语气已全无先前的温软。

长安车轰轰向前，汗水滚滚落下，荷包里的钱注定没有了，关键是，比钱更重要的是命。

车子在马路边一个旅馆门前停下，旅馆很小，一副“贼眉鼠眼”的样子，这不是孙二娘在十字坡开的客栈又是什么?难道是要让我和短发女子在这儿，在这个“黑店”做服务员或是别的什么?!

不知退休工人和农妇去了哪里，我和短发女子被叫到了一间客房里。房间里只有两张木板床，床单、被子都覆盖着陈年的污垢，还有一股说不出的怪味。我双眼发直，喉咙变紧，我发现我正置身于一间密室，黑而狭小，没有一丝缝隙。我感觉毁灭的脚步离我越来越近……

短发女子坐在床沿上，面带微笑，很平静地说了一句：“我们今天走不成了。”

其实我早就想说这句话了，只是心存侥幸罢了，但她说的意思和我要表达的意思完全不同，我想说的不是我们“今天”走不成了，而是我们走不成了。

用房间里“一根针掉在地上都听得见”的安静来形容此刻的情景并不夸张，也绝不可笑。

就在这时，小胡子男人进来了，他唇上那撮有些狰狞的粗短黑毛，再度将我的一颗正在垂死挣扎的心脏拎到了嗓子眼儿。

“票 180，手续费 120，一共 300 块钱。”

我拧着眉毛，傻乎乎地盯着小胡子男人手中浅红的火车票，不敢确信这话的真假。

“不要？赶不上火车自己负责!”

我那夺过车票和奉上 300 块钱的手，控制不住地发抖。

出乎意料的事情继续发生。长安车居然又将我们送回火车站。我以背后有恶犬相追的速度冲上了列车，心脏还在胸腔里怦怦地击鼓，列车已高昂着头颅，轰轰烈烈地出发了。

我用力掐了一下自己，确定有痛的反应后，才敢相信这一切都是真实的，刚才那个噩梦终于结束了。这难道不像琼瑶小说的风格吗？男和女总要经历九九八十一回痛苦的折磨，才配享有童话故事的结局。而我觉得这一切更像一部现代武侠小说，穿一件黑色风衣的夏天，是不是一个目光坚毅、面冷心热的黑衣女侠？

轰隆隆，轰隆隆……火车上坐着，一天、两天，把人坐得都无聊了，腿也麻木了，又不敢轻易与人聊天。上铺难得上下，索性整天蜷着，便也学那郭劲，写分行的文字玩。

84 个小时后，我披头散发、脸青面黑地奔向了基地驻乌鲁木齐办事处，站在一楼的服务台前东张西望，预想中郭劲向我张开双臂的那一幕并未出现，倒是我那披头散发的形象，把人家服务员吓了一跳。

服务员长得还不错，一张苹果脸，红扑扑的。

我告诉她我要住宿。

“对不起，我们办事处只接待部队人员。”

“是，是，是是是这样的，”我一着急就口吃起来，“我未婚夫是罗布泊一个哨所的。”我有些吃惊，我在说出“未婚夫”这酸得倒牙的三个字时，居然没有脸红，也没有口吃。

“对不起，我们办事处只接待部队人员，你去别的地方住吧！”依然很客气，却依然不容置疑。

“可是，如果我到别的地方住，他来了就找不到我了啊！”说完我哇一声哭起来，几天来的劳累困乏、担惊受怕，随着这一声拒绝，让我像个小孩子一样放声大哭。

哭声引来许多人，可我只想哭。

“小田，怎么回事？”至今犹记那低而浑厚的男中音，那具有穿透力的声音立刻让我关闭了哭声。

男中音是办事处的副主任。

我抬起泪汪汪的眼睛，可怜巴巴地望着我眼中的救星：“领导，我未婚夫是罗布泊一个哨所的，叫郭劲。”

“你给哨所打个电话试试。”

服务员拨了几次电话，均无结果。

男中音沉默不语，他也准备对我说“对不起，我们办事处只接待部队人员”了吗？我深深地吸了一口气：“领导，我没骗你，他们哨所旁有棵沙枣树，战士们都叫它沙枣王。”眼里又涌出泪来，身子一下像被掏空了似的，轻飘飘的，索性顺了势，踉跄着向服务台扑过去。男中音一把抓住了我：“小田，让这个姑娘去房间里好好休息一下。”谢谢这个男中音，我可真得好好休息一下了，不然明天哪儿来的力气去教训那个人？

但是“明天”来了，他却并没有站在我面前，又一个“明天”，同样如此。他以为我在开玩笑吗？或是他觉得我妈说得很有道理，或是他要不蒸馒头争口气，因此铁了心不来见我？不行，我等不起，我真快疯了。

服务员建议我回家，两天多的相处我已向她倾诉了所有，她劝我理智一点儿，没有必要再继续做这样的傻事了。

我牙关紧咬，胸脯剧烈地起伏。

“哭出来吧，哭出来会舒服一些。”

我便听话地号啕大哭，我那哭声，居然为我换来一张不用去火车站就提前到手的火车票。

8

回到家，我腾空了书桌抽屉，四年了，那些编了号的来信几乎霸占了每一格抽屉，一共三百零一封。

楼下是河，秋天的风吹过水面，岸边的枯树上，鸟也忍不住哑着喉咙抖索起来。我弹开打火机，三百零一封信件便成为灰烬，顺水而去。

从此我屏蔽了那个交织着我希望、失望，以及绝望的遥远的地方。

那晚有月亮，很圆，像一个人因为惊恐而鼓得滚圆的眼睛，我也一直瞪着眼睛，看着那月亮越升越高，看着屋子里忽而一片亮白，忽而一片漆黑。

第二天黄立新就来了，他是来做雪中送炭的好事的，黄立新眼睛里的关心和焦灼盛不下了，就从镜片下扑腾出来。我和郭劲交往了多久，他就在我的视野里消失了多久，他确实与我给他起的“黄老实”这一绰号相符。黄立新谈过的几次恋爱都未修成正果，他说是因为我。我信。他不像郭劲有一张能言善道的嘴，总能说些让我心动、心痛的话，他只说“是因为你，天儿”。很简单的一句话，却是这么多年他最切近主题的一句。不过说实在的，虽然我相信，但我并不关心那是不是真的。

大约半个多月后，一封印着大红心图案的信抵达我的手中。关于那封信，后来我曾很天真很可笑地想，要是那个时候能来一场龙卷风多好，那风特别奇异，被卷走的单单是那封还没来得及拆开的信。

我甚至不敢撕开那封信，尽管我最终还是撕开了它。

我的天：

我的天啊，这么远的路你是怎么跑来的，你怎么可以一个人走这么远的路，你让我激动死了，也心痛死了。

对不起，对不起，前几天去基地了，回来才看到你的电报，是我不好，害你吃苦受累，我拿人格保证，以后绝不会再让你受这样的委屈，你也必须要惩罚我，罚我当你一辈子的保镖，你看可好?

我在办事处给你们单位打过电话，说你病了没上班，这般累，这般伤心，如何能扛得住啊！只好虔诚地祈祷这鸿雁能飞得快一点，再快一点，早日降临在你的身边。

你知道吗我的天，当我看到那句话，那“知你”二字，心中的那个欢喜啊，把心都快逼得要蹿出来了，什么也没想，跟斗扑爬就往乌鲁木齐赶去了。

可是，你已经走了。服务员说你的脸白得没有一丝血色，她说你是哭着走的，她还说你好像几天没吃饭一样，摇摇晃晃的，好像随时都会晕倒。我想转过身去再把眼泪痛快地洒下来，却没能忍得住，一个大男人居然放声大哭起来，告诉你吧，我那哭相、那哭声，也不知有多恐怖，把人家服务员都吓哭了，你说好不好笑?管不了那么多了，那一刻，全世界只有一个人站在我面前，就是你，我的天！

天，你一定要等着我，年底回家我必须向你负荆请罪，然后，请接受我——你的劲哥哥最郑重最诚恳的邀请，陪着我，咱们两人一起到罗布泊的哨所，让哨所旁的那棵沙枣树见证我们的婚礼！

结尾就两个字——爱你，却被重复了千百遍，以致形成了排山倒海铺天盖地之势。他从未看过琼瑶小说，然而这结尾，确乎像极了琼瑶的粉丝，散发出的全是那种让人透不过气来的气息。

我拿着信，我在郭劲的放声大哭里放声大笑。

这是郭劲给我的最后一封信——那跟斗扑爬的欢喜和爱情。

我一路哭着去找杨红，若没个人让我宣泄一番，我想我只会直接死掉。

但杨红认为天并没有塌下来，既然是一场误会，给他们两个讲清楚就是，然后离开黄立新，回到郭劲那儿。

我一直摇着头，散乱的长发垂下来，遮住了眼睛，什么也看不见。

“我二哥那么喜欢你，他一定不会在乎你说的这些。”

“可是，我——在——乎！”我声音凄厉，几乎用尽了全身内力，在房梁坍塌下来之前，我夺门而逃。

后来，我曾在一个无法成立的假设里辗转纠结，以致痛苦莫名：如果我晚来世间二十年，不，就十年，我还会斩钉截铁地说出，“可是我在乎”吗？

9

我很快就和黄立新结了婚。

我知道，杨红这个传声筒会把这个消息传给郭劲，因为不久之后，她又把郭劲喝酒喝得胃出血的消息回传给了我。

胃出血，我听到这三个字的时候，很奇怪地爆发出一阵昏天黑地的咳嗽，我甚至希望自己也能够像武侠小说里写的那样，喷溅出一大口鲜血来。

我最终还是嫁给了黄立新，我妈极为感慨这事，她红着眼圈儿，甚至不顾风度地吸溜着鼻子说："是那一对人终究还是那一对人，谁来都岔不开。"

我暗自思忖自己与黄立新算哪一对人呢？

日子迷蒙而混沌地过着，直到某年某月的某一天，杨红告诉我，郭劲结婚了，对象是基地的一名政治教员。杨红说照片上的政治教员和我一样，也是两道浓眉毛、一双圆滚滚的大眼睛。

心底有点儿痛，是刀片贴着皮肤刹那划过的那种锐利的痛，有血痕，有一串细密的血珠渗出，但亦仅如此，并未血流不止。也正常，我总不至于恶毒到希望他一辈子单身吧。他结婚了，终于有了他的妻子，那么，当他惊异或开心时随口喊出"我的天"时，会不会愣一愣，会不会还有些许的惆怅与感伤？

那时候林忆莲的歌刚传到大陆，我整天对着那台江苏盐城生产的燕舞牌录音机听，好像首首都能唱一点儿。“我会试着放下往事，管它过去有多美，也会试着不去想起，你如何用爱将我包围。”我一边唱，一边拿哗哗的泪水当洗脸水。

郭劲结婚的消息切断了我最后的念想与牵挂，他终于开始他新的生活了，而我，何尝不应如此？尤其是，当我迟来的孩子向我宣布，他（她）已入住了一个母亲才会拥有的温暖的宫殿。

孩子的到来唤醒了我一直沉睡的母性情怀。不是试着放下往事，是必须放下往事了。

黄立新也改变了对我的看法，他不再把我当成一个不与他一条心的叛逆的女儿了，家务事他一人包了，要出门了，连鞋带也是他负责系上。

我理解黄立新的付出。我固然不必在意黄家父母的脸色，但黄立新不能，他的弟弟、妹妹各自养了一个女儿，两位老人家心心念念着孙子。几年了，黄家父母的脸越拉越长。

柳暗花明。他时不时拿耳朵贴着我的肚子，说要听听孩子的动静。

“你不知道吗？一般要四个月后才会有胎动，孩子还这么小，你能听得到？”

“听得到，”他一本正经，然后说了句像我这类自诩为文学爱好者才爱说的话，“只要用了心。”

慢慢地，我尽量不再对那颗低着的脑袋闪躲了，孩子也是他的，如果我继续用一张不耐烦的脸来面对他（她）用了心的父亲，肚子里的孩子会不开心的。

“天儿，你想要女儿还是儿子？”他问我。

“这不是想要什么就能要什么的问题。”

抱歉，我总不正面回答他问题的行为仿佛真成了习惯。

“我想要个女儿，和你一样漂亮，我要给她买一屋子的布娃娃，买很多好看的花裙子。”黄立新抬起头来，无比深情地凝视着我，然后又将脑袋调回先前待的位置，声音被捂着了，听上去好像有点儿哽咽。

我一时控制不住，将他的头揽入我的怀中。这将是个万般宠爱孩子的父亲，即便孩子想要天上的星星了，他也会去搬梯子，再八方去找那根够得上的竹竿子。

只是，最终，孩子无缘拥有这样的父亲。

一条小路的尽头，有些隐蔽的梯子和我的失足，夺走了我的孩子。

我妈哀叹道：“我怀你弟弟那会儿，摔成那个样子了都没摔掉。”

我妈的意思是她当年跟个皮球似的从学校的楼梯上滚下来，除把自己摔得鼻青脸肿外，夏拥军安然无恙。可人和人是能比的吗？这世界上的事，谁有本事把它说清？

病床边，黄立新已静止成一尊木雕，一张脸惨白惨白的。

“你现在不是一个人了，走路还是这么不小心吗？”木雕竟然开口说话了，黯然、低哑，声音好像从很远很远的地方飘来：

“你……是想起新疆了吧？”

我以为我会愤怒地反击，可是我没有。

对一个母亲来说，还有比孩子的离去更让她在意的事？尽管他（她）的大小也许不过一颗胡豆瓣。

那晚有月亮，是农历十六，天幕中的那一轮月亮，很大，很圆。

但月亮越升越高的时候，屋子里并非银银的一片，而是，血红的一片。

10

一连串的离开接踵而至。

孩子离开了太不强大的母腹，我离开了不被夏雨所袭就会被秋风所破的婚姻，之后，我离开了工作了十几年没有功劳也有苦劳的单位，我所在的单位改制后成为公司，和许多国有企业一样，垮了。当过店员，也做过小老板，没头苍蝇般嗡嗡乱飞了两三年后，我离开了小城，去了成都。

其实单位在已经很不景气的时候，杨红就召唤过我，她那时去了深圳，我一口回绝，不给自己留半步退路。我害怕见到她，我一直在努力封堵一切有可能抵达那段记忆的路径，何况是杨红这一“危险”人物？几年后，杨红在深圳成了家，她在信中对我说起她的新婚夫婿时，幸福如凶猛的潮水，轻易就冲破了她刻意用万分小心的措辞为我筑起的防线。我的回信热情得好像一把火，但心中却是五味翻卷，其中的酸味和苦味不由分说地占了上风。后来，联系渐渐少了，我渐渐就失去了杨红的消息。这样最好。可后来我在做了那个莫名其妙的梦后，又特别后悔失去了与杨红的联系。想看似自然地从她那儿捕捉到一点儿关于郭劲的消息。但有时候，我又特别庆幸没有她的联系方式，一切都是未知岂不是更简单更省心？这种折磨人的纠结在我和杨红再度有了交集时，仍没有消停。

我和杨红到底还是见了面，是通过手机见的。微信让一些甚至叫不上名字的同学，又坐排排吃果果一般，集合在巴掌大的同学群里。杨红加了我好友，隔着山，隔着海，隔着多年未见带来的疏离与陌生感，发出类似“终于找到你了”“时间过得真快呀”等等感慨，然后郑重地提醒对方，如到本地一定要主动联系，也就仅此而已。

我屏蔽了杨红的朋友圈，并非看不惯她夜以继日地在山水间晾晒自己，而是因为害怕看到与郭劲相关的哪怕一丁点儿讯息。但有时候，我又会急慌慌地点开她的朋友圈，贼娃子似的溜进去。还好，还好，我抚着心口。在满目让美景作陪衬的美人像里，就算是一只猎犬，也嗅不到与郭劲相关的哪怕一点点蛛丝马迹。

我那年到成都，是去投靠我弟夏拥军的。

夏拥军大学毕业后，分配到成都附近一个县的国有企业。时间改变了我这个弟弟，他竟然吞下了熊心豹子胆似的，放弃了手中的铁饭碗，到成都开了一家小公司，经营刚刚兴起的电子产品。

我的第二段婚姻是在成都开始的，仅一年即匆匆收场。某一天，我出差回家后换床单，发现枕头的荷叶边下有好几根长头发，是染过的。

因为那几根长长的黄头发，我毫不犹豫地另买了房子。小区非常安静，而小区内繁盛的草木无疑是营造这份安静的功臣。我住在二楼，那些树，要不就绅士地伸出绿手臂来，轻叩我的窗，要不就旁若无人地摇曳着，用绿意占据阳台一角。

一个人的生活，清静的是房间，嘈杂的是内心。

看着书，听着音乐，曾经很难看开的东西似乎看开了些。我又何必耿耿于怀，钻那牛角尖?

大张就是在这个时候走进了我的生活。

我散发出的恓惶味道，被他两只大眼睛下一副灵敏的狗鼻子嗅到。他确乎也具有狗的某些技能，我这样说不是揶揄他，而是感谢，毕竟他可以为我壮个胆，可以解解闷，逗个乐什么的。

天已大亮了吧，我揉着眼睛，多少年了，难得一觉睡了这么久，难道这是预示我，一番旧事重游后，我就将与过去的种种彻底告别？

大张不在身边，到厨房弄早饭去了，想想这家伙也挺不容易的，判给老婆的儿子和乡下常年患病的父母，都需要他从兜里掏钱。

我起了床，拉开了厚实的窗帘，白亮亮的阳光一个猛子就扎了进来，很是灼眼，如果是以前，眼泪早给晃下来了。前些时候我因为眼睛干涩刺痛去看过医生，医生说，要注意泪囊干燥症。此病的症状就是流不出眼泪，我极有可能患上此病了，因为我已无泪可流，因为我的泪已流尽。

11

还有几个月，我爸就79岁了，时间的威力在这个老头儿身上展现得淋漓尽致，我指的并不仅仅是容颜的衰老，只要还活着，谁不会变老呢？是性格的改变，曾经被我和弟弟起了若干绰号的老爸，那“军阀”的专横，“夏古董”的严肃，“后母戊大方鼎”的呆板……似乎都在不知不觉间被岁月悄悄拿走了，因此看上去，竟有了老太太般的慈祥。这个发如雪的老头儿，与我从零交流慢慢过渡到有选择地交流，但当他不再信守“他在一天就要管我读什么书”的“承诺”时，我已不再读琼瑶的书了，过了那个年龄段自不必说，小说的模式化、简单化、理想化也不必说，只关乎爱情的爱情，我也不信了。

按老家风俗，79岁就该做80岁的生日酒了，我和夏拥军正商量怎么为老爸做他的80寿宴时，爸说准备回老家一趟，想和多年没见面的几个老战友聚一聚。

临行前，我爸给我妈收拾各种各样红红绿绿的药片，降血压的，降血糖的，对抗胆结石、冠心病的……时间加诸给我妈一些东西，也必然会带走一些，像记忆，这个曾经过目不忘的高中语文老师，如今却转个身就忘，明明吃过午饭不久，她却问我，天儿，中午想吃什么，妈妈给你买去。但奇怪的是，她对当年在我和郭劲之间搞的那场“破坏”一直铭记于心，老是絮絮叨叨的，说也是为我好，让我原谅她。几十年都过去了，还有啥原谅不原谅的，肯定恨过，怨过，不过最终都败在了时间面前。

在小城一家饭店为我爸庆生后，几桌人到二楼的茶楼，喝茶，打麻将。

我独自坐在角落里，眼睛落在那杯菊花茶里，我在看枯干颓败的小花朵们是如何在清水中一一盛开。

夏拥军喊了我一声，把我吓一了跳，这人是什么时候站在我面前的?

“看什么呀这么专注?”他坐了下来，低头喝水的时候，黑发里那些碎碎的白，就大刺刺地钻了出来。当年被探亲回家的爸爸吓得哇哇大哭的小屁孩儿，什么时候，也有了这么多白头发?扯了几句不着边际的话后，夏拥军转动着手里的茶杯，说：“姐，你咋和大张这样的人黏在一起嘛，那么个瓜娃子。”

“夏拥军，你这么说你的员工就不厚道了，再怎样他也是你公司的一员。”

“姐，不要再这个样子了好不好？还是找个安心和你过日子的人吧，姐。”

夏拥军今天是横了心要给他的姐姐下猛药了：“你对我说句实话，你是不是还在想着那个郭劲？”

一瞬间的愣神后，我“嘁”的一声，很不屑地说：“夏拥军，你跟我开国际玩笑吧，几十年了，除了此人个子很高，脸很黑外，五官具体长什么样我都记不清楚了。”

我承认我转移了话题的主次，可说出这句话真不是故作潇洒，也真没有刻意夸张，非要认为有些夸张，那也只能算在岁月的头上。

“姐，你得看开一点，不要这样对自己，长期这样的话，对身体不好，”夏拥军放缓了语速且磕巴起来，“对，对那个，对那个精神，也会造成一种刺激。”

“夏拥军！”我身子向前一倾，眼睛几乎盖住了他的脸，“听你意思是，我精神有毛病了？”

夏拥军的脑袋飞快朝后一仰，“我怎么会是这个意思？我不过是提醒一下嘛，你不要像爸从前那样，眼睛一瞪，吓死个人。”

我斜睨了他一眼，掏出小镜子左右端详，镜子里的那个人，眉毛是眉毛，眼睛是眼睛，虽说看起来有点儿浮肿，可眼神并不呆滞呀，但是，精神有毛病是从外表体现出来的吗？真无聊。

“真无聊！”我嗯哧着伸了个懒腰，“夏拥军，姐不陪你无聊了，姐要出去转转。”

12

自爸妈十年前定居成都后，我是第一次回到小城。十年光阴，我的眼角已游来一群群鱼尾，鬓边也新添了一丝丝白发，人家小城却是越活越年轻，让人几乎都认不出来。

鬼使神差地，我盲人般摸索到了槐花巷，还未站稳，不承想三十年前巷中的那一撞，就轰轰响着，再一次不由分说地迎面撞了过来。定了定神，我在想，当年相撞的两个人，其中的一位，三十年后又站在了这里，而另外一位呢？是继续着他的军旅，还是早已湮没于都市的灯红酒绿？还是，像我在梦中见到的那样，游离于云雾之中？还有，那位我从未见过的女人，是否还是两道浓眉毛、一双大眼睛？他和她过得还好吗？却又冷哼一声，那个人在哪儿，在干什么，过得好不好，和我又有什么关系呢？

我站了一会儿，然后，双腿缓慢向前移动，以一只蜗牛的步履，行走在槐花巷。

也不知晓这个地方现在是否还叫槐花巷，曾经飘荡在巷口的槐花香早已消散，青石板路、木质结构的老房子、阳光下显摆肚皮的麻猫和闹欢的娃娃，都不见了，眼前是一幢幢华厦，一律身披玻璃幕墙的外套，光鲜气派。槐花巷已经成为城区大商圈的一环，红男绿女，熙来攘往，繁华如斯。还有比时间更强大的东西吗？我还会看到一如三十年前，槐花巷上空那一轮玉盘似的莹润而皎洁的月亮吗？

但就是在这个时候，耳边突然响起了“月亮出来亮汪汪”的旋律，那音量震得人肝颤，震得人瞬间如被电击一般。也就是在这个时候，明明光天化日的，那月亮，那成千上万吨银色的光或水，却被这旋律裹挟着，哗啦啦地倾倒下来，整个世界转眼间银银一片。

尽管奇怪得非同寻常，但我以人格担保，这绝不是我出现了幻觉，只不过让人费解的是，月光就亮汪汪地铺洒在眼前，却不知那亮汪汪的歌声来自何方。

我微侧着脑袋，蹙了眉，支了耳朵，——我忍不住笑了起来，这不是在用《射雕英雄传》里柯镇恶感知世界的方式去辨识歌声的方向吗？可惜我并无那多年练就的听力，我无法准确判断出耳边的“月亮”从哪里来。似乎是从某个商场的音响传来，又仿佛自遥远的天边升起，却更像是，天地之间，无处不在。“月亮出来亮汪汪，亮汪汪——”仿佛那一年的槐花巷般悠长，以致下一句迟迟露不了面，只是，我眼中的两条河流，却后浪推前浪，轰鸣着，跟斗扑爬地滚了出来。

李正鸿的春天

1

从地形上看，鸦雀窝的外围全是山，中间有一处低洼地，山外的风要想进来一趟不太容易，山里的人要想出去一趟那也是不大容易的，所以鸦雀窝的人就死守着他们的这个窝，白天耕地，晚上睡觉。父生子，子生孙，孙又生子，子又生孙……如同一场没有终点的接力赛。

虽知生男生女都一样，女儿也是传后人，可李眯眼手中的接力棒差点儿没能交出去。

那时鸦雀窝家家都十个八个地生娃。李眯眼的婆娘向大脚也生，并且非常有规律，三年一个，只是她那肚子，好像憋足了劲儿跟她置气，就是不给老李家怀一个以后要接棒跑接力赛的人。十几年里，向大脚接二连三生下了五个女儿，围拢在一起像麻雀子嫁女一样，叽叽喳喳一大群。平日里都李大妹、李二妹以此类推地喊着，大名具体叫些啥真还得想一会儿才搞得清楚。眼看向大脚的眼泪就要被这一连串的女儿抽干时，终于夜半三更盼天明一般，等来了儿子李正鸿。

2

庄稼地该绿的时节绿，该黄的时节黄，灶台上，几把米掺在红苕片片、红苕块块、红苕坨坨里，也能把肚皮填饱了。日子有了变化，向大脚的肚子却跟从前没有两样，六年下来，李四妹、李五妹也前来鸦雀窝报到。

以前，一听村里召集大伙儿开集体会，向大脚那双大脚跑得比谁都快，大家坐在一起，学习聊天两不误，更何况不用出工就可得工分，自然脚趾尖都是劲儿。可现在，她怕开会时大家议论儿子。

外面如此，回到屋里就更没个清静。李眯眼的娘也不管儿子在不在跟前，有事没事就会喊着眯眼念起紧箍咒来，听得向大脚恨不得钻到地缝里去。

不过，最让向大脚心头堵得慌的，是一个院子的肖歪嘴，女儿们叫她肖妈，即便是拐了好几个弯，理起辈分来，二人也算是妯娌，向大脚刚嫁过来时，两妯娌相处得也还不错，日子长了，那门前的菜、啄菜的鸡、撵鸡的狗、骂狗的人，就好像编戏文似的一环扣着一环，为两个女人日积月累的怨恨埋下伏笔。那肖歪嘴眼睛长得好看，双眼皮，溜圆溜圆的，就是嘴巴有点儿歪。

没嫁人之前，向大脚自认除了一双男人脚以外，没有哪样是输给肖歪嘴的，但嫁人是一道分水岭，肖歪嘴一鼓作气生了四个儿子后，气势很盛，与向大脚形成了鲜明的反差。

肖歪嘴好像挂在屋檐下的干红海椒，干精火旺，辣乎乎的，可向大脚也不是个任人捏的软柿子，二人经常为了一点儿小事吵架。只是通常情况下，一场口水仗总是因向大脚的匆匆收兵而提前结束，惹得想好好看一看热闹的邻里们内心直呼不过瘾。生不出儿子是向大脚的软肋，因此成为肖歪嘴手中一柄战无不胜的利剑。

就算有时并非刻意针对向大脚，肖歪嘴喊她几个儿子那脆而尖利的嗓音，仍然锥子一样在向大脚的心尖上来回划：

——李大娃，快点抱捆柴进来。

——李二娃，吃晌午饭了。

——李三娃，给我下来，绊到了有你痛的。

向大脚没有李大娃、李二娃可喊，从李大妹喊到李五妹后，第二个三年快过去一半了，她的肚皮却不再有响动。

3

麦子收完的时候，向大脚又怀孕了。

说不高兴当然是假的，可非要说高兴又未免太早了些，随着肚子一天天变化，新的愁烦又来了，没怀上就没有猜测是男是女的资格，怀上了，就开始揪心到底是男是女。

眼见向大脚的肚子越来越大了，可李老娘的肚子却越来越小，仿佛只剩下一张皮在那儿垂着了。食五谷生百病，也不知李老娘生的啥病，反正吃啥都如同嚼木头，却仍是费力地嚼了，再硬咽下去。她说她吃了那么多苦，哪承想还能活到七十岁，死也值得了，但假使等不到孙子出世，就是死也不甘心。

眼见李老娘像向大脚刚怀上那阵，吃了东西就作呕，呕吐了又再吃，向大脚心中不落忍，先前请了赤脚先生到家中来，开了药也不管用，便挺着个大肚子四处找来草药，给李老娘煎上。

这一年的春天就是在丝丝缕缕的草药味中来到了鸦雀窝。

先是那些不拘哪里都留下脚印的小野花：刺栗子、蒲公英、断肠草、酢浆草……一路闹喳喳奔跑着，让浩大却又显得有些单调的绿色也跳跃起来。然后，桃花红，梨花白，杏花粉，房前屋后的菜土上，菜籽花如同颜料盘被兴冲冲乱闯的春风打翻，悉数倾倒在翻涌着碧浪的坡岭间。鸟儿们驮着一身金晃晃的阳光，在红红绿绿的坡岭上，且飞且歌唱。

自然有从坡岭上飞到院子来的喜鹊、麻雀，以及比麻雀更小也更俏丽的黄豆雀，它们要不成双成对，要不三五成群，都不肯浪费自个儿的好嗓子，叽里喳啦，嘀啃嘀啃，吵得闷坐在门槛上的李眯眼心中发紧，遂将那小眼睛一瞪，猛地从门槛上弹起来，舞着双臂，大吼一声：嗬——喂！

雀子们惊慌失措，从地上、树枝上扑棱棱跃起。

“雀儿欢天喜地的，大脚妹儿今天有大喜事哟！”屋子里接生婆的话立刻让李眯眼后悔不迭。幸好只眨眼的工夫，雀子们就冲李眯眼翻着白眼仁，三三两两降落下来，挑衅似的闹嚷得更厉害。

春天，万物复苏，但李老娘动不了了，她躺在床上，终于停止了因为想要孙子而持续了一二十年的絮叨。

此刻，一屋子的人都没有时间去悲伤，李老娘这一两天离开人世间已是必然，可正往人世间赶来的那个人到底是男是女却充满了未知。正被阵痛袭击的向大脚，觉得自己忽而像被架在烈火上，忽而又像被扔进了冰窖中，时热时冷，哆哆嗦嗦抖个不停。

最痛的那一刻终于过去，向大脚听到接生婆低而短促的声音：“哎呀安逸。”向大脚的眼角扯动了一下，没敢作声，怕的是接生婆子打趣罢了，尽管她知道接生婆不可能拿这个来乱开玩笑。片刻后接生婆把音量猛地调成高音喇叭：“大脚妹儿，恭喜哟，是个儿子!”一时间，李眯眼的笑声、李三妹她们的欢呼声，齐刷刷涌了过来，热闹极了。而后，嘹亮的儿啼声击退了耳边所有的声音。

“亲娘耶——”向大脚直着眼睛，高喊了一声她早已过世的亲娘，头一偏，没了知觉。接生婆手忙脚乱地将她人中掐得绯红，这才苏醒过来。向大脚咧开嘴巴呵呵地傻笑，转头又嘤嘤嗡嗡哭泣起来，随后吩咐女儿们快去给李老娘报个信。

“婆婆，这回妈妈给我们生了个弟娃。”

4

向大脚感受到了春天的暖意。

刚出世的儿子有点儿像神话故事里的沉香，不，比沉香还厉害，他一出手就将压在向大脚头上的数座大山劈开，向大脚终于扬眉吐气。

向大脚从前称呼李眯眼为“她老汉”，现在是“他老汉”，听起来读音一样，但这个“他”和那个“她”的意义全然不同，比起以前那声佝腰驼背、憋闷羞愧的“她老汉”，如今这一声“他老汉”，砸在地上是非要弄出个坑来不可的。

这以后，向大脚看李三妹的目光就多了一分怜惜，还多了一分感恩，在向大脚和李老汉看来，李三妹是老李家的福星啊。三妹长得尤其瘦小，每回吃稀饭，总要给她舀得稠点儿。

告花子是向大脚给初来乍到的小儿子起的小名。为了娃娃好养活，鸦雀窝人一般都要起个贱名，比如狗蛋啊、臭花什么的。告花子就是讨饭的叫花子的意思。

告花子这个小名在喊了好几个月后，向大脚专门去镇上的酒坊打了壶烧酒，与李眯眼一道，抱着儿子，请李家的长辈取个书名。

那位长辈读过几年私塾，写得一手好字，属于鸦雀窝文化最高的人了，除“之乎者也”外，老头儿三顿离不开酒，哪怕桌子上只有几块泡萝卜，也要滗上酒，晕两口。向大脚双手奉上的包谷烧，把他两只昏矇的瞳孔“轰”一下点燃了。

“这个娃娃生于二月间，一元复始万象更新，好，好啊！看他天庭饱满，鼻直口阔，异于常人也！”那位长辈拈着几根稀疏的山羊胡，缓缓道来。随后微闭双眼，摇头晃脑的，将李家二十八个字辈排行吟诗般背诵了一遍。

“娃娃当为‘正’字辈，看他面相不一般，绝非常人所能及，实乃人中鸿鹄也！”说罢又拈须吟道，“嗟乎，燕雀安知鸿鹄之志哉？”

见娃娃的父母一脸茫然，他解释道：“鸿鹄就是大雁、天鹅，此类大鸟的大志向，燕子麻雀之流的小家雀是理解不了的。”接着清了清嗓子，“我看，娃娃就叫李正鸿，二位意下如何？”

他俩虽说听得不十分明白，但大意还是懂的，儿子是一只天鹅嘛，癞蛤蟆想吃天鹅肉的天鹅啊。自是心花怒放，连声道谢后，小家雀一样蹦跳而去。

李正鸿一天天长大，确如李家老长辈所说，鼻直口阔，一双眼睛也没随李眯眼，跟向大脚一个模子刻出来的，圆滚滚的。只是天庭饱满得过了些，额头前凸，活像老鹅头上顶着的那团肉疙瘩。

都说娃娃见风长，一天一个样，可这话到了李正鸿身上却不大灵验，就像老辈人说的，确乎异于常人，三岁才会走路，六岁才能说话。偏生向大脚要强，村里的娃儿大多八九岁才送到学校念书，李正鸿七岁半就被她牵着去学校，老师面露难色不愿收，让过一两年再来，向大脚跟老师好说歹说才勉强同意。

上学快一个月了，李正鸿终于知道了 1 加 1 等于 2，并且还会很配合地伸出食指和中指来。不过再问他 1 加 2、1 加 3，他都嘻嘻一笑，比画着手指说是 2。

向大脚说这老师怎么教的书嘛，便迈着那双大脚去学校问，不想那老师却叫她带孩子去城里的医院看看。向大脚斜了老师一眼，心想这老师也是，娃儿无非反应慢点儿嘛，吃得下睡得着的，看的是哪门子医生。但没过几天，向大脚就带上李正鸿去了县城的医院，不是因为老师的话，是因为村里人的笑话。

话说村口有棵老皂角树，盘根错节，枝繁叶盛。乡邻们只要得了闲，那树下就笑闹不断，男人抽烟，女人纳鞋底，孩子们则在大人布下的龙门阵里追逐玩耍。

阳光从密密的枝叶间筛落下来，李正鸿的眼睛放着光，朝男娃们手中滚着一地斑驳光影的铁环跑去。

李正鸿的到来让大家的眼睛也放出光来，东一句西一句地问了半天后，逗他："告花子，你有几个老汉？"

"2。"李正鸿咧开嘴，伸出食指和中指左右晃动。

顿时一阵震天的笑。抽烟的被烟呛了，咳得脸红筋胀；纳鞋底的笑得身子乱颤，不小心让针扎了手，“哎哟喂”地尖起嗓门惊叫；孩子们看这情形，也滚作一团。

村里的老光棍一嘴焦黄烂牙伸到李正鸿面前：“告花子，你晓得不，你还有个老汉就是我，快点喊我爸爸！”

那皂角树下又乱成一锅粥。笑骂的，抛白眼仁的，还有把脸凑上去也争着要当李正鸿爹的，闹腾得树上的雀子们都只能甘拜下风。

第二天一大早，向大脚两口子就背着李正鸿进城了。

在戴眼镜穿白大褂的医生面前，别说李正鸿瞪着惊恐的眼睛直往向大脚身后躲，就是向大脚两口子也是一副手脚无放处的样子。

医生问了情况，又招呼李正鸿，说回答了问题就买糖糖，看李正鸿双目带彩，就把1加1、1加2等于几，以及你有几个哥哥、几个姐姐诸如此类的问题一个接一个地抛了出去，让那小孩应接不暇，手也乱比画起来。

最后，医生说：“你们这个娃儿是弱智，医生也没有办法。”

“弱智?”向大脚两口子半张了嘴巴，面面相觑。

“就是智力低下，以后不管多少岁，都只有四五岁的智力，顶多六七岁，说难听点儿就是个傻子。”

“啊!”向大脚两口子张大了嘴巴，面面相觑。

回去的路上，李正鸿一直为没有吃到糖糖而哼哼唧唧。

为了弥补对李正鸿“要吃糖糖”却不予理会的内疚，向大脚系上围裙，在面粉中掺了一点儿包谷粉，怕油少粘锅，拿麦草把锅底仔细抹了一遍后，再淋上些许菜油，特意给李正鸿烙了几张麦粑，并特意挟了一张给李眯眼。那麦粑让满院子的人都不住地吞口水。

5

1982 年的春天，比以往来得更早一点儿。

解了冻的土地上，一把把锄头比以往挥舞得更有力量，那耕牛的“哞哞”声，听起来也比以往更精神，更响亮。

土地已承包到户了，公社又鼓励各家各户发展副业，勤劳致富。向大脚积极响应，翻箱倒柜地搜钱，一口气从集市上牵回三只小山羊。

一白一黑一灰，羊儿挤成一团，怯生生站在院子里，不时摇摇短小的尾巴，颤巍巍地咩咩两声，像走失了的小娃娃，有些委屈又有些着急。

李正鸿应声从屋里跑了出来，几团黑白让他的眼睛亮锃锃的，他情不自禁地咧着嘴，摸摸这只，亲亲那只，就像遇见了小孩子。他管白的叫白儿，黑的叫黑儿，灰的那只就是花儿了。

“这娃儿，哪里像个傻子嘛!”向大脚看得入了神，眼睛水润润的。

这下子，李正鸿书也不去念了，闹着要跟着他爹去放羊。不念也罢，学不到什么，还省得老师急同学笑的。

鸦雀窝到处是大大小小的山坡，春天来了，漫山遍野浅绿深翠，羊儿们一上坡，便被那层层叠叠推着绿波的青草儿给淹没，不咩咩地喊上两嗓，还真看不见。

绿浪中，李正鸿一会儿像一尾鱼，摇头摆尾地游弋，一会儿又像一只鸟，拍打着手臂，翱翔在绿浪之上。不一会儿，他又变成了一只小羊，让那喜悦的、颤悠悠的“妈——妈”，自由地回荡在群山之间。

自从跟着他爹放羊，李正鸿每天都要对向大脚讲讲他和羊的事。他说下坡的时候，他和白儿它们不是走下去的，而是飞下去的。他说到“飞”的时候，一双大眼睛里倏地飘过白云朵朵，他展开双臂，身子前倾，嘴巴里呜呜着，在那白云间一圈一圈地飞来飞去。

“妈妈你看嘛，我飞起来了!”

“嗯，嗯，我儿子好能干哟，会飞。”向大脚笑得合不拢嘴。

李正鸿噘着嘴说：“白儿它们都不喜欢和爸爸耍，爸爸不好耍。”

也是，每回李眯眼在山坡上赶羊，如果李正鸿没在跟前，几只羊就把小蹄儿朝后挪蹭着不肯走，还扭过头来唤他，李正鸿一出来，先贴着他脚腕子亲昵片刻，这才扬起蹄儿，轻快地敲打着地面，嘚儿嘚儿上坡去。

“这娃娃，上辈子怕是只羊呢!”向大脚不由得感慨。

几年过去，羊儿已有四只，白的仍叫白儿，黑的仍叫黑儿，唤作花儿的，一只穿黑灰外套，一只着灰白袄子。李眯眼不再经管羊儿，全交给李正鸿指挥。

李正鸿数数只能数到2，向大脚曾经担心不要丢了羊，事实证明她的担心完全是多余的。每一次，每一只羊儿除了带回一肚子美味的青草外，羊毛都不少一根。李正鸿像心疼自己的孩子一样了解每一只羊，他知道哪一只胃口最好，哪一只最温顺，哪一只的脾气最倔，并且和从前一样，每天都会给向大脚讲讲他和羊的事。

6

李正鸿二十岁了，从那天起，向大脚就改了口，不再喊他告花子，而是郑重其事地叫他的大名李正鸿，虽然鸦雀窝的人除了长辈以外，互相之间大都称呼诨名，并且向大脚也晓得，他们中更多的人，是把李正鸿“傻子、傻子”地叫着的。

上了二十岁，向大脚便考虑着应该给儿子说门亲事了，此事宜早不宜迟，万万拖不得。可她拜托的这个事真给媒人们出了个难题，别说普通级别的媒婆一听就把脸色弄得怪异起来，就是天上飞的麻雀都哄得下来的高级媒婆，也打马虎眼说碰碰运气吧，有合适的再谈。

向大脚也知道这样的运气是不好碰的。

太阳并不因为向大脚的懊丧愁烦而萎靡了精神，李正鸿和他的羊儿们也同样如此。在绿遍了山野的青草间，白儿黑儿们不歇气地咀嚼着鲜美多汁的时光，李正鸿则与阳光、青草和羊儿们纠缠着，展开双臂飞翔着。

李正鸿身边的羊儿一只只地多了起来，鸦雀窝的人却一个个、一群群地扔掉扁担，丢下锄头，吆喝着，干劲十足地翻过几辈人都奈何不了的大山，去广东，去江浙，去新疆、西藏。肖歪嘴那几个隔三岔五就要把院子闹得乌烟瘴气的儿媳妇，也在自家男人站稳脚跟后，先后离开了鸦雀窝。

“哎呀这下好了，总算清净了。”也不知肖歪嘴是在对门前的歪脖子老槐树说，还是给绕着她转的鸡狗们说，它们只管听，从不接她的话。但它们无疑是最忠实最温驯的听众，随她怎么念，怎么吵，从不打岔，绝不会像她最早进门的大儿媳妇，有时舌头上一片刀光剑影，有时舌头下暗藏功夫，一喷出来便可推人一个踉跄。起先听那边屋里吵闹，向大脚的陈年怨气就会随那动静大小排出一二，“你拽（厉害）嘛，还有比你更拽的！”紧接着又来了两房媳妇，一个不大爱说话，但一说话就阴阳怪气的，一个是话痨，根本就是在舌尖上安装了弹簧，总之各有各的道行。日子久了，肖歪嘴难以招架，可那节节败退的境况，看得向大脚心中也不是滋味，老了老了就这么让人讨嫌吗？肖歪嘴确实老了，原先又黑又油的头发里，像被谁撒了把石灰，灰白里残存些大势已去的黑。年轻时那双好看的圆眼睛，也早被两只膨胀的大眼袋比了下去。

肖歪嘴家中走得只剩下她和一个小孙子了，院子里其他几家人也都一样，年轻的和即便不年轻但还拎得起两个灰桶的，全都出去了。院子成了个空院子，鸦雀窝也成了个空鸟窝，不论横着走，竖着走，反正横竖撞不到个人。

人越少，李正鸿的媳妇自然就越难找。一想着这些，向大脚那颗渐渐衰老的心脏就跟缺氧差不多，一阵阵地发慌。喊五个女儿在各自的村子里多留意些，却都回答说还不是一样的。

向大脚又迷茫了眼神。

李正鸿在属于他和白儿黑儿们的王国里过着“天上一日，人间一年的”的日子时，肖歪嘴家的小儿子也从南方回来，在媒婆的安排下，开始了紧锣密鼓的相亲活动。过年时，好不容易聚在一起的三位兄长，齐了心要为“父母偏心，彩礼不均”而向父母讨个说法，却又顺带翻出些各自的陈年旧账。

7

李正鸿三十岁了。

羊儿已卖了一茬又一茬，更多的白儿、黑儿、花儿成为李正鸿麾下一员，但向大脚的脖子都望长了，李正鸿媳妇的影子还没看到。

不过向大脚还是不死心，难道傻子就该单身？对那媳妇，她的态度一直是不抛弃，不放弃。

8

向大脚八十岁了。

如今，向大脚已懒得去记李正鸿的岁数了，长一岁她就着急上火一回，而她自己呢，添一岁，就觉得赚了一回。李老娘走的时候说，吃了那么多苦还活了七十岁。向大脚自认吃的苦不比李老娘少，却已经比她多活十年了。

时光没有把向大脚的大脚像她的身子那样压缩尺寸，却也一点一点地，取走了与地相接所发出的那击鼓一样的声音。也不知从啥时起，向大脚走路不大得力了，于是手掌下就多了根拐杖。

有时候想和人说会儿话，就去屋后不远处的老坟岗转转。老坟岗以前叫青松岗，挺有精气神儿的一个名字，后来，松树少了，坟包包多了，大大小小好几十座，村人都改叫老坟岗了。向大脚在李眯眼坟前坐坐，摆会儿龙门阵，也顺道看看走在前头的亲戚、邻里。

天擦黑时，院子里终于响起咩咩的叫声，向大脚慌得差点儿撞到院门上，从外面走进来的除了李正鸿和一群羊外，还有一个妹儿。向大脚生怕老眼昏花了，揉了揉，又眨巴几下，只见那妹儿穿件有些陈旧的碎花布衣裳，浓黑的眉，丹凤眼，想是晒足了太阳，一张清瘦的脸上飞起两团红霞，头发里，插一枝娇艳的桃花，看上去乖乖巧巧的。

“妈妈，我捡了个媳妇，她在坡上和白儿它们耍，不肯走了。”李正鸿指着身边的女子，咧开了嘴。

“李正鸿，你，你说啥子呀？捡，捡，捡了个媳妇?”喜讯确实来得突然，以致把向大脚的话撞得东倒西歪的。

李正鸿就把刚才的话又复述了一遍。

那妹子接过话头：“白儿最乖了，黑儿是个调皮鬼，老往我脸上打喷嚏。”先前还有些怕生，可说到羊，她的话就多了起来，说着说着还嘟起了嘴，像个小孩子。

向大脚盯着她痴痴地看，愣把一对雾气氤氲的昏花老眼看得风含情水含笑。

向大脚生怕那妹子跑了似的，紧紧拉住她的双手，问她叫什么名字。

“桃花儿。”那声音清亮亮，脆生生，仿佛山涧的泉水。

“那你的家在哪儿呀，桃花儿?”

桃花儿瞪大了双眼，说住在一座接一座的大山里，远得很哩。

“你恁个晚了还没回去，屋头的人怕着急死了。”

“嫂嫂撵我出来的嘛。”桃花嘴一噘，把手从向大脚干暖的手掌中抽出来，指着后脑勺说，“她拿瓜瓢打我脑壳哒，痛!”

向大脚拨开桃花的头发，眯起眼睛瞅，“哎呀，都鼓起个包了，我滗点菜油来给你抹起。”然后边抹边责怪，“再要打也不该打脑壳嘛”。

“桃花儿，你哥哥呢?”

“哥哥到远凼挣钱去了。”

又问她多大了，桃花五个手指朝上一撮，抿着嘴，眯缝起眼睛，嘻嘻地笑。

“好，好，李正鸿两岁，桃花儿五岁，女大三，抱金砖。”

李正鸿说：“妈妈，我不抱金砖，我要抱桃花儿。”

“要得，要得，李正鸿抱桃花儿，抱桃花儿。”说着向大脚又把桃花儿的手拉过来，紧紧攥在掌心里，“桃花，你愿不愿意给李正鸿做媳妇啊?”

桃花使劲儿点着头，头发上那枝粉艳的桃花，也颤颤地颔首。

盼了二十年的正鸿媳妇，在向大脚以为这辈子是看不到了的时候，却像个仙女一样从天而降，或者说，像个馅饼一样从天而降，正巧就落在了眼面前。她真有些不敢相信，就问李正鸿，她是不是在做梦，李正鸿摇了摇头，很认真地说：“不是的，妈妈，你说的，人睡着了才会做梦的嘛。”

9

得知李正鸿从坡上带回个媳妇的消息，李正鸿的几个姐姐，除了李五妹外，无不惊异并佩服傻子兄弟的本事。

五妹没在外面打工，而是回乡里承包了荒山种果树，果树林下，一群群土鸡呼朋引伴地扒拉吃食。看姐姐们感慨万千的样子，五妹仍是一副不显山不露水的表情。

“又来个傻子，谨防生个娃儿也不正常哟!”

向大脚脸色一沉：“丑妹崽屋头那傻子婆娘生的细娃，还不是一样精精灵灵的。”

五妹刚想说“丑妹崽毕竟不傻”，向大脚已连珠炮似的将话喷在五妹脸上：“桃花儿是李正鸿自家凭本事耍到的，你未必能把他们拆散?”向大脚思维清晰，逻辑缜密。

五妹还想说点儿什么，姐姐们已在暗地里扯她的衣襟了，于是闭了嘴巴，只从鼻孔里钻出来一声似有若无的冷哼。

李正鸿的喜事就这么定下来了，尽管不会吆喝着要办台喜酒，但简简单单吃一顿是绝不能省却的。去地里砍了一把莴笋，两篼白菜，几窝角儿菜，将不下蛋的那只乌脸老母鸡杀了，再把灶孔上方熏得黑乎乎、油浸浸的老腊肉和猪脚杆取下来，腊肉用清水漂起，猪脚刮洗后，砍了和海带一起，炖得浓香软糯。女儿们和带来的娃儿坐了一桌，再喊上几个杵棍拄棒的老家伙，围了一桌。

桌子就支在院坝里，三月的阳光撒着欢儿，给几张皱纹密布的脸染上了些许少年的颜色。

桃花儿穿了一件大红衣裳，双颊上，印着两朵桃花艳艳的酡红，李正鸿也穿戴一新，两人由向大脚领着，一一给长辈敬了酒，这才落座吃饭。

李正鸿往桃花的碗里搛了个鸡翅膀：“妈妈说，吃了翅膀会梳头。”桃花“要得要得”地应着，也搛了块大猪蹄子给李正鸿：“妈妈说，啃了猪脚杆，脚劲大。”两个人，吧叽吧叽的，一门心思吃着散发着浓香的肉。

吃罢饭，桃花又像刚来的那几天那样，去灶屋洗碗，她说在家里要煮饭、洗碗、喂猪、挑水、洗衣服，将五个手指头挨着扳完了才打住。向大脚叹道，真辛苦啊。姐姐们笑桃花儿今天是新娘子，不要她洗碗，要她和李正鸿耍去。二人便约着到坡上和羊儿们厮磨去了。

太阳正好，老家伙们把自家那本账簿翻出来晾晒，说得口干舌燥了才各自散去。几个女儿也有猪啊鸡的要侍候，没坐多久也先后走了。院子又冷清下来，向大脚坐得无趣，况且一肚皮的话好像还没说到一半，便杵了拐棍，去老坟岗找李眯眼说话去了。

先把李正鸿娶媳妇的喜事给李老娘说了，这才坐在李眯眼坟旁的石头上。

“李正鸿能干，自家带回来个媳妇，勤快，脾气好，模样也周正，今天把酒吃了，我也算放心了。他老汉，这下子你总可以闭眼了，你要是听到了，就吱应一声哈。”

三月天，山岭里的风动静大起来了，坟头上的草才刚弯下腰去，俄顷又抬起头来，齐齐向后倒去，像是鼓着劲点头，又像是笑得前仰后合，不能抑制。

向大脚嗔怪道："你个老头儿，我晓得你欢喜，平时像个木头坨，这个时候掀起这么大个阵仗。"说着将仅余几颗牙齿的嘴巴捂了，哧哧地笑，笑着笑着，又撇了嘴，拿起衣袖揩起眼睛来。

再往前走上几步便是肖歪嘴的坟了，不过七八年工夫，那坟已有些塌陷了，向大脚路过时，顺手将掉落在坟头上的枯枝败叶捡了丢开。

"老肖呀，"向大脚叹了口气，"不是我说你，你的儿倒是多，可也不见得哪个来给你的坟归整归整，我那个儿，是嘛，是有点儿傻，可只要我一说，嘿，立马就把他老汉的坟收拾得有模有样的。

太阳开始打阴，风便有了些许寒意。

"对了老肖，我屋李正鸿今天接媳妇了，虽说也有些懵里懵懂的，但总归是不跟我争不跟我吵，我也没什么不满足的了。"

说了半天，向大脚发觉身上有些凉了，还有一种卸下重负后，忽然被什么掏空了的感觉，便拿起拐杖点着地，一步一步摇回家去。

10

转眼，又是一年春天。

尽管鸦雀窝的人越来越少，但春天并未因此而打了简省算盘，照样一丝不苟地用花啊草啊的，为这个沉寂的山坳描容梳妆。

树枝上那些嫩芽苞刚绽开一粒粒鲜嫩嫩的鹅黄，花儿们就等不及地开了。

桃花是鸦雀窝开得最妩媚的花，红彤彤的，亮艳艳的，一朵挤着一朵，一朵不让一朵，如濡，如染，像云飘过，像霞降落。与桃花做着邻居的梨花、李花，正忙着做堆雪的运动，它们用一团团一簇簇清冽的白，去呼应桃花灼灼的红。同样站在房舍周边的杏花、樱桃花，不管是粉红还是粉白，都那么晶莹，都那么清新。而油菜花无疑是田地中最炫目的一种色彩，金灿灿的，如同烈火，裹挟着不再像冬日那样抠门的阳光，毕毕剥剥、噼里啪啦地燃烧。

这个春天，李正鸿从山坡上捡回来的媳妇桃花，像四十几年前的向大脚一样，正被阵痛袭击。只是李正鸿显然不像四十几年前的李眯眼，时而蹲成门槛上的一坨化石，时而又反剪双手，在门前走来走去，把一个院子都晃得头昏眼花。

“我媳妇也要生小娃娃了，她生了我再来同你们耍，你们莫乱跑哈，要听话。”李正鸿把羊儿带上山后，挥着手，叮嘱他的白儿黑儿们。羊儿们咩咩应着，个个都很听话，等李正鸿一走，就埋下头来，专心吃草。

李正鸿咧着两瓣兔牙齿，笑眯眯地迎接着大桶大桶泼向院子的阳光。就像白儿会带来小白儿，黑儿会带来小黑儿，他笃定地相信，媳妇桃花也会在咩咩咩地颤声叫上那么一会儿后，为他带来一朵小桃花儿。

院子里闹欢着呢，李正鸿半张着嘴巴，大眼睛眯缝起来，仰望着开满各色花儿的树，和落在树上的大大小小的鸟儿。他似乎和春天有一种特别的亲近感，羊儿们在春天的山岭上撒野，孩子们脱下臃肿的冬衣，在新芽初绽的老皂角树下追逐，甚至，飞过菜花丛的几只长相极为普通的小白蝶，都会报以这样的眼神，那么傻，又那么痴。

春天的鸟儿没一个老实待着的，它们精神亢奋，毫不畏怯地占据着春光一隅，练嗓，斗嘴，对歌，由着性子摆起鸟国的龙门阵：

哟——呵呵。

你不乖，你不乖。

快起来，捡点儿菌，捡点儿菌。

要不得耶——哥哥（紧接着有鸟儿回答：要得也——妹妹）！

儿——捡粪，捡半斤（紧接着有鸟儿会问：哪个来装）。

鸟儿都是歌唱家，都有一副天生的金嗓子，它们披着阳光和花香共同织就的金缕衣，放声歌唱。

“雀儿那个高兴，是个欢喜天咧！”接生的人尽管是专门从镇上诊所请来的医生，但她被雀鸟们的欢声笑语包围时，和当年鸦雀窝那个接生婆子说的话，也差不多。

这个春天，怎么看都仿佛是李正鸿出生那年的翻版，却又显然不是，那个春天，冰与火、冷与暖、白昼与黑夜的同时莅临，轮番折腾，李正鸿是断然领教不到的。他不会叩头作揖，不会担心害怕，他只是逢人就咧着他的兔牙齿：“我媳妇生小娃娃了！”

太阳升起来了

不知怎么，现在，黑虎只要一闭上眼睛，脑袋里就全是从前的事情。

1

东河村无河，被大山围着的夹皮沟，眼睛鼓得再大，也只看得到簸箕那么大的一块天。

这个位于渝西的村子，和别的小山村没有什么不同，地里长满荒草，走半天碰不到一个人，村子安静得出奇。一马平川的坝上，家家种蔬菜，村民们不外出，都在自家的菜地里找钱花。一年四季绿油油的，一条小河自菜地边蜿蜒而过。

黑虎是陈三公带回来的，家里那只老黄狗死后，他就在念叨，还是要养条狗，让人放心，吓吓小偷也好嘛。

猫在山洼里的那座泥巴墙老屋子，就是陈三公的家。地坝里的水花生草、芭茅草以及杂七杂八的野草，和地坝边一小块菜地里的莴笋、蒜苗、小白菜长得一样好，五六只生蛋鸡呱嗒着，唱着异常嘹亮的歌。

陈三公的孙子黑娃，敦敦实实，八岁了，在村小学上一年级，见了这只长得虎头虎脑、黑得如同一锭墨的小狗儿，欢喜得什么似的，几步跑过来，一把将它抱在怀里。

姐，我们给狗儿取个名字嘛，就叫黑虎，好不好?”

黑虎心中一乐，嘿，听起来像两兄弟。

黑娃的姐姐春梅读三年级了，小姑娘长得细眉细眼，内向不爱说话，听弟弟问她，只笑笑，也不开腔。

黑娃又扬声问他爷爷：“公，你说黑虎这个名字取得好不好?”

“取得好，要得！要得!”哪儿来的这么大的声音？把黑虎的耳膜都差点儿震破。黑虎有些恼怒地抬眼一瞧，一个老头儿正坐在街沿上，拿把刀划竹篾条，看他脸上纵横交错的皱纹，离八十应该也不远了，再看那双手，只怕比他手中的篾条还粗糙。老头儿抬起头，望着黑虎，咧开没有几颗牙齿的嘴，呵呵地笑，那笑容多么慈爱啊，黑虎的喉咙一下就堵了。那老头儿又拿手掌揉了揉黑虎的小鼻子，他的手，又燥又暖，弄得黑虎的鼻子痒酥酥的，“阿嚏——”一个响亮的喷嚏，惹得三公和黑娃姐弟哈哈地笑起来。

黑虎想，这个老头儿该是村子里的长辈了，因为路过院子的那些花白头发的人见了他，也会恭恭敬敬地叫一声“三公”呢。

三公有三个儿子一个女儿，大儿从部队转业后在云南定居，二儿在县城上班，唯一的女儿嫁在城郊。小儿子本在家务农，几年前，也和老婆一起挤上了南去的卧铺车，春梅和黑娃的吃喝拉撒就扔给了三公。

春梅还好，三公煮什么吃什么，黑娃不喜欢吃稀饭，也不怎么喜欢吃面，三公就顿顿干饭伺候。黑虎看三公用一张凹陷下去的嘴巴，一瘪一瘪地磨着那饭粒子，自个儿的小牙齿倒不自在起来。

三公的老伴儿三婆是去年没的，三婆爱使小性子，动不动就把陈芝麻烂谷子的事翻出来，三公也是个要强的人，不肯服软。所以，两个人动辄就会抽出时间，点头啄脑地苦练嘴皮子。三婆一走，院子猛然清静下来。“这下子好了，连个吵架的人都没得了。”三公说这话时，虽说在笑，那脸上的皱纹却苦巴巴地缩成一团。人没了，连吵架都变成了让人留恋的事。三婆走了，三公独自守着春梅和黑娃，也独自守着三婆留给他的那些陈谷子烂芝麻。

晚上，黑虎蜷成了一团，黑娃在狗窝里铺了一层厚厚的干谷草，很暖和，却仍是眼睛都闭痛了也睡不着，它没想到山沟里的夜晚如此静、如此黑，它觉得自己被裹在一匹黑布里，那黑布那么紧，仿佛要夺去它的呼吸。它开始想坝上的那个家，想着想着，眼皮越来越重，怎么都撑不起了，索性就让它们粘在一起。

2

太阳升起来了，明晃晃的，洒得满院子都是。陈三公将一把锄头扛在肩上，准备上坡。

黑娃两姐弟都上学去了，院子静寂如明亮的夜晚，黑虎见三公要走，便使劲儿仰起头来，冲那又高又瘦的背影叫了几声。三公回过头来，高声道：“走嘛，黑虎，跟我上坡去。”黑虎激动地摇了摇尾巴，乐颠颠地追着三公的脚步。

坡上那块地，和陈三公对视了几十年，地还是那个样子，人却被盯出满脸深深浅浅的皱纹来。到了地边，三公将口水吐在手掌里，抹抹，锄头便高扬起来，有节奏地挥动。

按说三公年龄也大了，有城里两个儿子，也不用操心自个儿的生活费，哪里还用得着下地干活？只管耍着安度晚年便是。“要不得，病都耍着耍出来。”三公眼一瞪、嘴一撇，无论是谁让他别做农活了，他都是这种表情，都是这句话，他总说，他有的是力气。如今很多地都荒芜了，面对那些地，三公痛心得很，直摇头。

黑虎趴在地边，守着阳光和阳光下的三公。三公是个开朗健谈的人，他的手不停，嘴巴也绝不肯一直歇着，他一边干活一边自言自语，天气、农事、儿孙、乡邻……像是在和地里的庄稼说，又像是在和地边的黑虎说。

收工了，三公一喊，早跑得远远的黑虎，又追着三公的脚步下坡。三公直夸黑虎乖：“明天，我再带你上坡哈！”

这以后，每当太阳升起来的时候，陈三公就会扛起锄头，扯开嗓门喊上一声——黑虎！它就得令般一个箭步冲过去，尾巴摇得欢，乐滋滋地跟在三公身后。

黑虎最喜欢跟陈三公一起去坡上，阳光里或蹲或趴，看他高扬锄头，看那锄头有节奏地挥动。点豌豆、种包谷、挖红苕……只要肯下力气，地里总有做不完的活。

但黑虎老实不了一会儿，就驮着阳光满坡地打滚撒野去了，追蚱蜢、戏蝴蝶，看时间像天上的那片云，悠然飘过。

就这样上坡下坡，出产菜地的那个坝渐渐在黑虎的记忆中模糊。黑虎也很快长成大狗，恰如它的名字，像一只黑色的老虎，有着王者的气相，威风凛凛，一身毛发匹黑缎子似的闪着光。再听那叫声，中气十足，内力相当深厚，一发怒，可不只是三公当初说的吓吓小偷，而是能让小偷魂飞魄散。

黑虎长得好，狗缘也好，在村子中结识了不少朋友，最好的有两个，一个叫莽墩，一个叫丁家旺。

3

莽墩生得漂亮，那一身油亮的黄色皮袄穿在它的身上，别提有多抢眼了。黑虎不知是何人给它取了这么个俗气的名字，什么莽墩嘛，不过是丰腴些罢了。莽墩和黑虎年纪差不多，可黑虎总觉得它比自己小了许多，它虽然块头大，却没什么心眼儿，一副不谙世事、大大咧咧的样子，所以黑虎总有一种想保护它的欲望。

莽墩是东河村老店子周婶家的。几年前周婶的老伴去世，周婶也病了，瘫痪在床。养得一儿一女，女儿嫁人了，儿子一直在建筑工地打工。照顾她饮食起居的是儿媳妇刘清碧。

刘清碧三十来岁，狭长脸上一双眼睛水汪汪的，老是给人深情款款的感觉，水蛇腰，走起路来像在扭、像在游，妖媚得不一般。刘清碧几年前在外打工时认识了周婶的儿子，怀起娃儿后回到东河村，娃走得路了，两人便又外出挣钱去了。周婶将孙子带到读小学了，原该松口气的时候，哪想又被这磨已磨人的病找上。刘清碧在工地上煮饭，挣钱不如男人多，回来的自然就是她了。

刘清碧抱怨周婶的病早不得晚不得，偏偏在身体还好、还能做活儿的时候得。

莽墩给黑虎说起这事。“你说这病该什么时候得？要是早得，不是又要说，偏偏在娃还要人带的时候得？要是晚得，不是又要说，偏偏在自己身体也不好的时候得？”

黑虎说：“你笨呀，该在她还没嫁来之前得！”

俗话说，久病床前无孝子，更何况周婶又不是刘清碧的亲妈，三五天尚可忍受，三五月就开始扯鸡骂狗了。瘫痪病人的吃喝拉撒都在床上，要是疏于照顾，房间必臭气熏天，刘清碧想起了就进屋收拾收拾，想不起就算了，但想不起的时候总是多数，因此周婶的房间内，终日充斥着一股怪异的恶臭味，莽墩一走进去，眼泪就会被熏出来。

周婶也被熏得抹泪。一双浑浊老眼被眼泪泡得红彤彤、雾蒙蒙，这两盏血红，在光线暗淡的黑屋子里，隐隐透着鬼魅的气息。

两张苦瓜脸时时在莽墩眼前浮现，碎碎念时时在莽墩耳边萦绕，时间长了，黑虎觉得形似冬瓜的莽墩也变成了一条耷拉着脸的苦瓜。

刘清碧说是一天在屋头，很多时候却看不到她的影子，若是在家，就时常会看到另一个人的影子——村里卖肉的操刀屠户，也姓刘，剽悍肥硕，那一脸泛着油光的横肉，不输他刀下的猪。

刘屠户不是来看周婶的。当然他第一次来的时候是到了周婶床前的，他手中那一溜三线肉和一芽猪肝，把周婶激动得话都说不清楚了，眼圈也更加红了。后来也提点骨头、下水什么的，却再没踏进周婶的屋，而是去了刘清碧的房间。自从他第一次登门给了莽墩一个下马威后，莽墩一见那满脸横肉，就边吐口水边捂着怦怦猛跳的心脏溜掉。

4

丁家旺是一条浅灰色的小个子狗，项上挂一张混入狗海就不见的脸。儿时被主人家丢弃后，一路尾随着丁老头儿来到丁家。丁老头儿对他老伴说："这个狗儿，非要跟我走，甩都甩不脱。"

"狗走旺家门，"丁老太欢喜得很，"要得，要得，我们老丁家这下子要兴旺了，这条狗儿，就叫丁家旺。"丁老太婆顺口给它起了这个名字。

"要得，要得，"丁老头儿也欢喜得很，"我们老丁家这下子要兴旺了。"

丁老太脾气不好，像个火药桶，一粒火星子就会让她爆炸，身体不好，高血压、心脏病、糖尿病……反正一堆毛病。幸好丁老头儿成天眉眼弯弯，对谁都笑眯眯的。丁老太年轻时是邻村的一枝花，丁老头儿从瞄上她那天起，就幸福着她的幸福，悲伤着她的悲伤，几十年从没变过。所以，丁老太就算有再大的火，到了丁老头儿这碗温吞水跟前，都燃不起来。

丁家旺来后，居然也像丁老头儿那样，眼睛微弯，嘴角上翘，成天一副笑脸。丁老太打趣丁老头儿，"丁家旺跟你一个样范。"

正因为丁家旺性格温顺，刚来东河村那一两年，老是被村中几只恶狗欺负，黑虎尽管比丁家旺大不了几个月，也同样是一只外来狗，却敢于挺身而出，护着丁家旺。它们的友谊，也就是在那个时候建立起来的。

黑虎不喜欢串门，却特别爱往丁老头儿家跑，每次看到丁老头儿和丁家旺这一老一少弯着眉眼的样子，黑虎的心就软塌塌的，眼睛都舍不得眨一下。

丁老头儿生了四个孩子，老大当年和陈三公的大儿子一起从军，退伍后留在云南，现在退休了，老二的女婿是个小包工头，老三、老四农闲时在外务工，农忙时在家种地。

“儿多有福哟!”村里人见了丁家老两口，就会抛出这句话。

丁家四个儿子，赡养老人的方式不一，丁老大、丁老二每人每年出一千块钱。

丁老三、丁老四的经济情况要差些，去外面打工，一来没技术，二来年龄也不饶人了，一般只能在建筑工地上提个灰桶打杂，所以他二人没出钱，每年各给老人称300斤谷子。

为钱，兄弟之间有些不愉快，为粮食，兄弟也闹得脸不是脸，嘴不是嘴的。起因是在称谷子这事上，老四有点儿健忘（这点和老二有相似之处）。老三家当然不会大度到视若不见，当然，老四家也不会淡定到听而不闻，两家的怨气遂越结越深。

有一天，丁家旺忧心忡忡地对黑虎说：“我有点儿担心，老丁家怕要为那些陈谷子烂芝麻出点啥事。”

黑虎想说些什么，又不知从何说起，只好打嗝似的“呃”了一声。

丁家旺活像个预言家，几天之后，老丁家果然出事了。

为了让他们不再斗气，趁兄弟俩都在家，丁老头儿便把他们招呼过来，坐到一起，好生说道说道。

几个人坐是坐到一起了，好生说道却断无可能。老三和老四的媳妇可都不是省油的灯，不停地打嘴巴仗，听得桌子下趴着的丁家旺忍不住站了起来，撅起屁股，放了一个半天才放完的狗屁。这下子，一屋子狗屁味当真是臭不可闻。

丁老太这个火药桶哪里见得这样的阵式，扯开喉咙便骂了起来。

“妈!”老三媳妇来了个猛回头，冲丁老太嚷道，“我今天就要跟你说几句了，你诀（骂）人也要看清对象，我们每回都是老老实实把谷子称给你了的，到头来还惹得一身的不对，那些赖账的人，你唧（怎）个不去诀（骂）呀？我看就是你一天睁只眼闭只眼的，别人才倚着那点势头，赖账不说，还凶神恶煞的。”

低头闷坐了半晌的丁老四为了从气势上镇住对方，一边喝问，一边运足了内力拍了一下桌子，声音倒是震人，手也震痛了，又把手伸到桌面下，捏着，害得桌子下的丁家旺差点儿扑哧笑出声来。

“你还有脸拍桌子!”老三媳妇声震屋宇。

5

丁老太归西之后，丁老头儿蔫了许多，成日寒鸦般缩着脖子，本来背就有点儿弯，这下真是恨不得要钻进地缝里去了。

几只狗闲聊时，丁家旺说起他家主人的事。黑虎道：“旺崽，你以后可要多陪陪你家丁老头儿哟。”丁家旺点头道：“必须的。”莽墩长长地叹了口气，说：“想以前，他老两口儿秤不离砣，公不离婆的，突然走了一个，确实有点儿不习惯。”

入秋后，丁老头儿开始没日没夜地咳嗽，说话上气不接下气的，丁家旺每天陪着丁老头儿，听他咳嗽，听他呼哧呼哧地喘息。

冬天转眼就来了，无声无息的东河村像一个寡言的老人，陷在冷寂里。

丁老头儿被朔风和冷雨关在昏暗的老屋中，有时喊着老太婆说上一阵，有时逮到丁家旺说上一阵，更多的时候是缩着脖子，拢起双手，蜷在孙女换家具时送来的一张旧沙发里，用扯肝扯肺的咳嗽声，去对抗东河村那万古洪荒般的沉默。

阳光终于冲破云层，一路向东河村赶来。在寒意中瑟缩了许久的草木、房屋以及在草木、房屋之间盘旋的鸟鸣，都振作起来，挺直了腰杆。

丁老头儿家的院子里，几株老橘树比往年挂的果多了不少，一串串红彤彤的橘子像打了蜡，阳光下耀着光，犹如一团团红彤彤的火焰。丁老头儿坐在一把破藤椅上晒太阳，丁家旺蹲在他的脚边，竖起耳朵，听他一边叨叨，一边上气不接下地喘。

“丁家旺，丁家旺，”丁老头儿看着脚边的狗，念念有词，“老太婆还说你来了，丁家要兴旺。”

丁家旺的耳朵立刻耷拉下来，头也羞愧地埋了下去。“丁家旺，”丁老头儿似乎读懂了丁家旺的心思，轻轻拍了拍他的脑袋，“幸亏你来了哟，要是没得你，哪个一天没得事干了，来听我这个爆眼老头儿啰唆嘛！”丁家旺眼中一热，顺势将脑袋靠在了老头儿的身上。

那天，丁老头儿的话特别多，他一边喘，一边把那些发了霉的旧事一件件搜罗出来，放到太阳下翻晒：不到10岁就没了妈、23岁讨回丁老太这个邻村的“一枝花”、辛辛苦苦盘大四个儿子……阳光暖烘烘的，丁家旺听着听着，眼皮就打起架来，竟然还做了个梦，梦中，丁老头儿和丁老太像两个年轻人一样手牵着手，笑嘻嘻地走，丁家旺跟在他们身后，尾巴唰唰地摇。

晚上，想是说累了，丁老头儿就着几颗水豆豉，吃了满当当两大碗煮得稠稠的稀饭，收拾好碗筷后，早早就上床睡觉了。

和往常一样，夜晚如同一匹黑布，将东河村盖得严丝合缝，和往常不一样的是，丁家旺竟然没有听到丁老头儿用一声不赶一声的咳嗽去试图撕破那匹黑布。丁家旺想想不对，便去拍门，半天也没得到回应，便急得“嗯嗯呀呀”地低声嘶鸣起来。

第二天一大早，丁家旺便跑到丁老三家，急慌慌地吠几声后，又向外面走几步，再吠几声，再走几步。“丁家旺，你发癫了吗?”老三媳妇嘟哝着，隐约觉得有事发生，便跟着丁家旺来到丁老头儿家，敲门不应，便喊了人撞门，进得屋去，才发现丁老头儿已咽气多时。那一刻，丁家旺恨不得以头撞墙，他恨自己没有本事推开那扇门，否则，或可陪丁老头儿走完生命的最后时分。

丁老头儿就这样不声不响地走了，那以后，丁家旺就和一只流浪狗没了区别，有上顿没下顿的，偶尔跑到陈三公家喝几口稀饭，丁老三、丁老四的家它是不愿去的，他整日待在丁老头儿家的院子里，痴痴地望着那扇门。眼瞅着丁家旺变得恍兮惚兮，一天比一天瘦，老三和老四两家人看不过眼了，便合计将它炖来吃了，虽然不应该这样做。在杀狗炖肉这件事上，两家人的意见惊人地一致，以致炖汤时再放点儿八角、三奈都因为异口同声而开怀大笑。丁家旺让两家人终于结束了心从不往一处想、劲从不往一处使的历史。

那天，满山坳都飘着丁家旺和八角、三奈一起被炖被熬的味道，黑虎像打慌了的鸡一样撒丫子乱跑，可无论怎样跑，这味道都缠绕着它，躲不掉。

莽墩血红了眼，拿爪子拍打自己的嘴巴。

6

丁家旺走后，黑虎便替莽墩担心起来，想那周婶，一副身板仅剩下一把骨头，一张脸庞仅剩下两只黑洞一样的眼睛，看样子肯定是活不了几天了，它一死，刘清碧会如何对莽墩？刘清碧这样的人啥事做不出来？而她那相好又恰好是个职业屠夫，杀只狗不过是小菜一碟，像莽墩这样富态的狗，那个屠夫只怕早就看得口水长流了。

黑虎越想越怕，立马赶来与莽墩相商，陈述了一番利害后，要它离开东河村，就算做个流浪狗，也比死在那屠户手中强。

莽墩摇摇头："算了，我哪儿也不去。"

"墩儿。"黑虎急了。

莽墩微微一笑："她不仁，我可不能不义。"

别看莽墩温柔，犟起来八匹马也拉不回，黑虎只好作罢。

开春了，城里的打狗队也来了，四处转悠着，手中的枪"砰"地一下就会要了狗的命。

黑虎有点儿搞不懂了，打狗是怕狗伤人，这乡下天宽地阔的，横竖都撞不到几个人，打狗是为的哪般？他又想起莽墩来，它那体形，回头率多高啊！又扑爬跟斗地找到莽墩，要她提防着，不要乱跑。

莽墩笑他寡闻。"老黑，你还不晓得打狗队打的是流浪狗吧？你看我这样子，哪里像个流浪者嘛。"说罢，很自信地扭了扭她浑圆的腰肢。

“也是哈，”黑虎咂着嘴，“瞧你这身贼肉。”

“德行！”莽墩剜了黑虎一眼，扑上去，作势要咬它，黑虎向后一退，莽墩差点儿闪了腰，看到黑虎一脸坏笑，莽墩娇斥一声，不依不饶地又扑了过去，这次黑虎不躲了，任它撒野。

周婶去世了。

“妈呀，你不该走啊，你怎么忍心抛下这一家人啊！”刘清碧一条手帕捂在脸上，前仰后合地干号。莽墩冷眼看着刘清碧的表演，那演技拙劣得令它反胃，它真想一爪掀开那块手帕子，让在场所有人都能看清那张脸上的笑容。

不过在场的人，围了两桌麻将，他们可没时间去管麻将以外的事情。

周婶去世后没过多久，莽墩也失踪了，任凭黑虎到处寻找，任凭它的呼喊感动天地，莽墩那丰腴的身段都再也没有出现过。

7

春去秋来，黑虎来到东河村已经六年，给它起名的黑娃过完暑假后，就该读初三了，可他却不读了，那天他把黑虎唤了过去：“黑虎，我要到深圳上班去了。”黑娃粗里粗气的声音里有三分不舍，还有七分被兴奋和好奇塞满。

黑虎不知道深圳是个什么样的地方，但肯定很大很漂亮，还有很多很多的工厂，要不然，村里的人怎么都一股脑儿跑那儿去上班呢？春梅初中毕业就去了，黑娃也要忙着去那儿。

黑娃把黑虎的脑袋紧紧捂在胸口，黑虎觉得气都差点儿出不来，可几颗眼泪却悄悄滑出来了。

黑娃走后，生蛋鸡的呱嗒声便代替了黑娃的笑闹，母鸡的产后高歌就成为院坝中最张扬的聒噪。

山洼那幢老屋里，黑虎和陈三公相依为命。

也不知从哪天起，黑虎发觉自己越来越老了。

从前的那些玩伴，不说莽墩和丁家旺了，其他的，一只只的也都离开了他，离开了这个世界，不知从何时起，他就成了东河村狗们的老前辈。

时间可以改变很多，黑虎的身体不再似从前一般健壮，毛也失去了光泽，耳朵也听不清了，才从瞌睡里清醒过来，想快点儿跑过去，却又只能一摇一晃地蹒跚。不再有精力满山坡地嬉闹，只会眯着眼，伏在阳光里，安静地陪着陈三公。

陈三公的小儿子惦念着为陈三公盖房子的事，于是两口子一起回来，他们雇了几名工人修房盖屋。

几个月后，楼房耸立起来，一楼一底，土黄色瓷砖贴的墙面，棕红色大铁门，门楣上用瓷砖嵌一幅笔法粗糙的“迎客松”，红的太阳绿的松，还有延年的黑颈白羽的鹤，花花哨哨的，把几分喜庆硬塞给了这个沉寂的山洼。

陈三公从老屋搬到了新楼房。

8

陈三公不时要去县城，到二儿子和女儿的家中走走。有时带上点儿土鸡蛋，地里的花生成熟了，玉米成熟了，豌豆荚成熟了，也会装在背篼里进城去。

二儿子一家三代人挤在一起，住在六楼。“一进屋就关门，住对门都不打声招呼，你说这些街上的人怪不怪嘛。”三公觉得不可思议。在和土地相距甚远的楼房里，一个和泥巴打了一辈子交道的老庄稼汉，坐一会儿就开始前仰后合地打瞌睡。住在城郊的女儿要留他住一段时间，他每次都是直摇头，离不了那句话，“不得行，不得行”，家里的生畜，坡上的庄稼，都在眼巴巴地等着他哩。地球离了谁都照转不误，但是东河村的那个家，少了他就不行，即使留下来了，也不过住上一两天就回去了。

这时候，怅然若失了一两天的黑虎，便会以激动无比的心情迎接陈三公回家。被旁人管了一两天饭，以为一天只能等饭吃的黑虎怎能不高兴？太阳升起来时，又可以支棱起耳朵，去捕捉那声亲切的“黑虎”，又可以跟在那个再熟悉不过的背影后面去坡上。三公的存在，让黑虎为自己还不是一只混吃等死的、越来越没有用处的老狗而欣慰。

但黑虎觉得，陈三公也越来越老了。

牙齿快掉光了，花白的头发已经飘成了雪。那把锄头也沉了许多吧，要不然，他的背不会那样弯，去坡上的那段路不会那样长，也不会挖一会儿土，便要歇上好大一阵。一个要把力气耗尽在泥土里的苍老身影，看得黑虎鼻头一阵阵发酸。最令黑虎不习惯的是陈三公渐渐丢了中气的声音。以前陈三公一张口，黑虎的耳膜就嚓嚓作响，它不依，又是扑又是叫的，三公哈哈大笑，它的耳膜就更响了。以前陈三公站在坡上喊人，几里地都听得见，尽管已是年逾古稀的人了，那声音砸在地上，也是会溅起几粒火星子来的。而现在，陈三公的大嗓门被岁月一点点关小了，那声音显得憋闷，显得小心翼翼。

一天，三公背着半背篼玉米从坡上回来后，坐在屋檐下歇气，他像在跟自己说，也像是在和黑虎说——

“杜家湾的杜刚义老弟，”三公叹了口气，“也翘灯儿了（去世）。”他像唱歌一样，把这四个字长长地弹落在空荡荡的院落里，“本来九月间做八十岁寿的，还说去喝他的酒。”

三公一把年纪了，还独自住，便成了一个问题，要是像丁老头儿那样半夜出点儿什么事，连个报信的人也没有，于是大儿子提出必须得开个家庭会议商量商量。

因为老父的养老问题，四个兄弟姊妹难逢难遇地一起回到东河村，将这个问题摆到了桌面上说。

到云南大儿子那里显然不现实，二儿子那里也一样，小儿子两口子又不愿留在乡下过面朝黄土的日子，说了半天没个结果，女儿就提议让陈三公到她家去。女儿住在郊区的一幢两层的小洋楼，坝子也宽敞，种了些花草、小菜，还养着几只鸡鸭。“老汉在我这儿，又有走的地方，要不惯的话，还有活路做。”

大儿子一听，瞳孔猛地放大数倍。他表情严肃，言辞严厉：“那怎么可能呢！三妹，你不为我们几兄弟考虑一下？这么多儿子，还要住到女儿家，不怕别人笑话啊？你让我这个当大哥的还如何在社会上立足?”大哥一席话，说得三妹的脸红一阵白一阵的，也就闭紧了嘴，不再说话。

小儿媳妇偷偷地、长长地吁了口气，她正为三姐的多管闲事而心中厌烦，琢磨着要说点儿什么，好让她打消这个念头，不承想大哥几句话就把她的想法掐灭了，当真是再好不过。看着三姐的狼狈相，小儿媳妇心中嗤嗤直乐。

像是安慰女儿，又像是要在几个儿子面前争口硬气，陈三公表决心似的语气铿锵:“你们放心嘛，我吃也吃得，做也做得，我就在这个地方，去哪里嘛?我哪里都不去!”说罢打了几个很刺耳的哈哈。

于是，东河村那个山洼里，一个老人，一条老狗，继续相依为命。

可是陈三公不服老，他最爱说的一句话就是:我吃也吃得，做也做得。想来也是，八十好几的人了，还没杵拐杖，还养着鸡鸭，侍弄着庄稼。虽说这把年纪是该享清福了，然而他独自一人，如果整天坐在空寥的院子里无事可做，只怕真会生病。对一个终身握锄的老农民来说，还有力气做农活儿，或许就是一种活着的意义，或许就会活得理直气壮一些。

不管怎样吧，反正黑虎觉得，那个瘦削无力的背影越来越老了，他不时会冒出这样的念头:假如有一天，面前那个背影倒下去了，依自身芦柴棒似的衰朽状态，想来应该不会落得和丁家旺一样的结局，但即便如此，谁又来陪自己度过这寂寞且孤单的余生?人们都说走在前头的那个人有福，其实，走在前头的那只狗，同样如此。

黑虎愿意走在陈三公前头，然而那不是自己所能掌控的，眼下最要紧的仍是陈三公别像丁老头儿那样，半夜里说走就走，所以每到晚上，黑虎总是支起耳朵，特别留意陈三公房间的动静。也不知一双听力明显不济的耳朵能否听得到什么动静，就算还能，如果真的发生了什么事，像丁家旺未至老年，尚且不能撞开一扇陈旧的木板门，自己一介老狗，又如何撞得开那扇一千多块钱的大铁门？

想到这里，黑虎蓦地老泪迷蒙，他有些费力地昂起头来，把眼里的雾气和心底的想法，一同逼了回去。

9

又是新的一天。

太阳升起来了，明晃晃的，照着安静得如同夜晚的院落。

陈三公拿起锄头，扭头喊："黑虎!"见没动静，又扬声一喊"黑虎!"突然间回过神来，叹口气，像唱歌一样，拖长了声音道："硬是老嘎（年岁不小，脾气大且倔强）了哟——，没得记性了哟——"说罢，扛起那把越来越重的锄头，一个人，慢慢地上坡。

宋记老面馒头

1

胃已成空仓，只剩下些酸水，一阵阵冒上来，吞下去，又冒上来，又吞下去……树娃捂着肚皮，虾公般勾着头，曲着背，一双腿已沉重如山，眼看着就要坍塌在地。

这时候，一股热馒头的香气飘了过来。树娃像只机敏的小狗那样嗅了嗅鼻子，是的，就是馒头的味道，千真万确。他抬起头来，远处一摞热气缭绕的蒸笼，让他猛地瞪大了就快要闭上的眼睛。袅袅白烟就在他眼前飘荡着，越来越大，越来越浓，一缕缕，一团团，一片片，像云，又像雾。很快，小街就变成了一条天街，树娃就变成了一位天人，他脚踩祥云，向着蒸笼里那些白胖子似的馒头，轻飘飘地飞去。

馒头没吃到，却模模糊糊听到有人在说，哎呀，妈妈，你把这个哥哥的嘴巴都掐红了。又有人在说，秀娃，那是人中哩，不掐红，他就有可能没得命了哟。

树娃睁开了眼睛。哦，原来是在做梦呢。

他醒了，他醒了，爸爸，他醒了！一个八九岁的小女孩像一只活泼的鸟儿，回头冲外面脆生生喊着。

树娃悠悠问了一声，我这是在哪里呀？

在我家呢。应声进来一个系着围裙的男人。

哥哥，这是我爸爸，就是他，刚刚把你从路边抱到我屋头来的。小女孩一张小嘴吧嗒吧嗒的。

男人姓宋，开了家馒头店，人称宋师傅，膝下有一个女娃娃，小名秀娃。原本有个儿子，两岁时害病死了，一年后生下秀娃，从此女人的肚子再没鼓起来过，两口子四处看病吃药，但钱财全打了水漂儿，便也不再瞎跑，安心把身边这个女孩养好。

来，孩子，坐起来喝点儿水，吃个馒头。宋师傅手中的白馒头就在树娃眼前晃。

树娃夺过馒头。塞进嘴里的那大半个馒头，将脸撑得变了形，他一边吞，一边连二赶三地扯起了嗝儿。

宋师娘拍着树娃的背，娃儿呀，蒸笼里多的是，别哽着了。

树娃一口气吞下三个馒头，嗓子眼里都被面疙瘩塞满了。树娃抹了抹嘴巴，噌地下了床，跪着，磕了三个响头。

宋师娘赶紧将树娃扶起，让他坐下。随后问他多大了，有十岁没有。

树娃有些腼腆，我十三岁了。

宋师傅两口子触电一样对望了一眼，回头看树娃的眼神就越发温软，越发慈爱了。宋家儿子还活着的话，也是这个年龄了。

又问叫什么名字，哪里人，怎么一个人在外头跑。

树娃抹了把眼睛，一一道来。原来他父母早逝，从小在叔爷家求生活，村子这两年旱灾过了涝灾来，地里颗粒无收，好多人家都外出乞讨了，他也只好告别了本就家徒四壁的叔爷，和几个乡邻一起离开了村子，不料刚到县城就走散了，他又不好意思张口跟别人要钱要粮，两天了，还没进过一粒米。

可怜！宋师娘双臂一围就将小小的树娃圈进怀中。

树娃顺理成章留在了宋家。宋师傅死去多年的儿子仿佛复活了，而树娃不仅有了父母的呵护，还多了个天真可爱的妹妹。

后来，树娃娶了秀娃，生了两男一女三个娃娃。

再后来，宋师傅两口子相继过世，馒头店在树娃的打理下也有了个名字：宋记馒头。

再再后来，满街都是由苏打粉、泡打粉、增白剂、馒头改良剂制作出来的馒头，省时省力，模样还好看，但店家的吆喝照样是老面馒头。树娃不吆喝，只把“宋记馒头”的招牌上加了二字，改成“宋记老面馒头”，然后埋着头，用宋师傅教他的传统手艺做他的老面馒头。

听起来有点儿像电视剧是吧？告诉你，还真不是，真的，因为树娃就是我爷爷啊，而那个说话脆生生的秀娃，自然就是我奶奶啰。

2

我奶奶一直管我爷爷叫老头儿，不过当她抿了两口小酒，脸上飞起两朵红云的时候，就会深情款款地喊几声树娃。对于奶奶的父亲，“宋记老面馒头”的老主人，我从未见过面的外曾祖父，我总有一种说不出来的亲切感，没有他哪有爷爷的命，没有爷爷哪有我爸，没有我爸哪有我，没有我，一个非常热爱生活的人，又如何去体会随时有热馒头可啃的快乐？从来不需要想起，也永远不会忘记。

说起我家的宋记老面馒头，南同县城的人不知道的不多，那条老街上的小店铺，是许多南同人心目中的放心店。这可不是我吹的，你看早晨和下午来店里买馒头的人就晓得了，有的人专门开着车来买，住得远的，通常十个二十个的买回去，在冰箱里存放着。

受欢迎自然是有道理的，如今，真正称得上手工制作的老面馒头，还有几家店愿意费工费力地去做？我爷爷做的馒头，绵扎、韧性好、有嚼头，我伯伯说，完全赶得上他在北方吃过的馍馍。而且个头大、敦实，机器和这样那样粉剂批量生产出来的馒头，倒是松软得跟面包没有两样，其实捏紧了也就一小坨，说白了就是虚胖，说宋记老面馒头一个顶俩，在本人看来算自谦。

但所谓人无完人，金无足赤，宋记老面馒头也是有瑕疵的。比如个头不如机器做出来的一致，有时碱水没和均匀，那褐黄的颜色留在馒头上，这里一点那里一滴，不好看。爷爷却说，馒头该是什么样子，爷爷就把它做成什么样子。他说有些烧腊摊子上的烧腊红红的，板鸭黄金亮色的，是好看，但那是因为加了硝盐，抹了上漆用的金黄粉。

就像我奶奶说的，买菜要指着有虫眼的买，虽说不好看，可没打药，吃起来放心，本色本味的宋记老面馒头不那么白，不那么软，大小也不那么齐整，偶尔还要长点儿斑，却照样抢手。

“宋记”除了老面馒头外，菜包、糖包都做，偏偏不做肉包子。

我问过我爷爷，他说一块五一个，做不出来。

问为什么别人做得出来？他说用那些糟头肉，那些来历不明的烂筋筋肉，当然做得出来哟。

我反问，那为什么你不做，反正都绞成了肉末，谁看得出来？

谁说看不出来？你外曾祖父就看得出来！爷爷说到他的老丈人时就一脸庄重。他不说人在做，天在看，天太宏大，太遥远，而我的外曾祖父很近，一直活在他的心间。

南同城内，宋记老面馒头大名鼎鼎，因此我爷爷时常会被人称作宋老板，爷爷就堆着笑脸给人解释一番，不好意思，不好意思，我姓蔡，我姓蔡。

我爷爷叫蔡广树，我曾让他把店名改成“蔡包子”，简单明了，不但好记，喊起来还格外响亮，并且省了让人误会他名字的麻烦。

你这个傻小子！爷爷眼睛小，但嗓门不是一般的大，冲我耳边一嚷，耳朵直响。他弯曲了食指，要在我的脑门上爆一颗“栗子”来吃，当然只是做做样子，他哪舍得打我嘛。

安安，爷爷准备训话了。他正在揉面，花白的头发随着手底的节奏一啄一啄的。

我大名蔡安，他们总叫我安安，以前听着倒没什么，现在就要冒出几串鸡皮疙瘩了。总觉得我的父母有偷懒的嫌疑，因为我妈姓安，他们随口就给了我这个名字。

高二了，爷爷点头啄脑地说，莫一天东想西想的，认真点儿，考个好大学才是正经，你现在成绩不错，但一骄傲，就滑下去了。

怎么说着说着就扯上我的成绩了。

爷爷，我喊，你现在怎么像我奶奶一样成天唠叨个没完呢？书上说男人老了长相会变成老太婆，可没说过性格也会变成老太婆啊！

这回爷爷是真要让我吃一颗“爆炒栗子”了，不过我有着一双众人艳羡的大长腿，向外一个箭步，就让那满是面粉的手消失在我的眼前。

我还在上幼儿园的时候，就和爷爷奶奶一起生活，爹妈都去广州找事做了。我伯伯在广州工作，他大学毕业后分在一个科研单位。我爷爷说我和伯伯小时候完全一个样子，虽然淘气，但静得下心来习字看书，长大了准和伯伯一样有出息。别说，我最让爷爷省心的就是学习，从小到大没让他操过心。我孙子争气，也没谁给他辅导过，你说我，斗大的字不识一筐，想辅导也不行啊。爷爷向街坊邻居的炫耀的话，我都能倒背如流。他哪里不识字，当年留在宋家后，外曾祖父送他去念过几年书。《丑小鸭》《拇指姑娘》《勇敢的小裁缝》……正是他捧着书，在我睡觉的时候念给我听的。虽然有时候念得结结巴巴，但一个又一个美好的童话故事，伴着我进入一个又一个甜蜜的梦乡。

3

过了年，爷爷就七十二岁了。

我伯伯的电话又来了，依然是店子关张的老话。一准那边说急了，爷爷的洪钟大嗓门又展示成扩音器的效果：大娃子，你莫说了，一天清耍的话，莫说我自己不习惯，我那些老主顾也不习惯！说完便摁了手机。估计伯伯的耳朵得嗡嗡地响上个三五天了。

还没过几天呢，似乎要见证一下爷爷说过的话似的，爷爷开着他那辆半新不旧的三轮车，不小心摔了，还好，附近一个摆水果摊的大叔，也是“宋记老面馒头”的老主顾了，几步就赶了过来，将爷爷送到了医院。所幸爷爷无大碍，住了几天院，回家静养了几天后，宋记老面馒头又热气腾腾地现身迎客了。

买馒头的那些人，逮着我爷爷蔡老板、蔡师傅地喊，抱怨这么些天没见露面了，真还有点儿不习惯。

我爷爷搓着手，一个劲儿嗯嗯着，说不出话来了，其实喉咙里哽咽着的潜台词，就是冯巩在春晚的那句话：我想死你们了！

那位送爷爷去医院的大叔也来买馒头了，这下爷爷说什么也不收他的钱了，两个人在那儿拉拉扯扯的，简直跟吵架没有两样。大叔急了，说你送了我那么多饼干糕点，再不收钱说不过去。爷爷说那根本就是两码事嘛，我收你的钱才叫说不过去。最终大叔没能犟过爷爷，道了谢，提着几个馒头走了。

不承想以后买馒头的顾客里，却见不到那位大叔了。

那天晚上，爷爷在烧腊摊上切了一斤猪头肉回家，吃酒，却半天不说一句话。奶奶抿了几口酒后，颊上飞起两团酡红，她又喊着树娃，拿手指敲着爷爷的脑门儿说，树娃，树娃，你犟嘛，还有比你更犟的。我奶奶也是奔七的人了，那声音听起来仍是脆嫩脆嫩的。

我爷爷不愧是我爷爷，他眉头就那么一跳，便有了主意。在问到水果大叔家的地址后，他拎了十个才蒸好的热馒头，登门拜访，说他再不来馒头店，就天天上他家送馒头。水果大叔彻底服气了，说吃完这袋馒头后就去买，前提是得收钱，否则真不好意思再来。爷爷重重地点了头，应下了。

我正在城楼观山景，耳听得城外乱纷纷……我爷爷哼着川戏，一路咿咿呀呀回来了。嘿，我看到底哪个犟。他边说边坐下喝了口茶，咕咚一声，无比响亮地吞下，咂了咂嘴巴，又拍着椅子的扶手，继续摇头晃脑唱起来：旌旗招展空翻影，却原来是司马发来的兵……

4

高考后，我被山东大学录取了。

终于放松下来，成天和一帮同学闲荡，要不横店影视城，要不就麦当劳、肯德基。爷爷却好像担心我到外面去就吃不到馒头了，老让我啃馒头。吃得我都想哭了，人家山东是北方啊，北方有的是优质馍馍好不好，我的爷爷。

奶奶说，老头儿，你成天喊安安吃馒头，莫把安安吃伤了，以后就再不想吃了哟。爷爷白眼仁一翻："秀娃，你这个说法就有点儿夸张了吵，只晓得大鱼大肉要吃伤，没听说粮食还要吃伤的。"言罢，眯缝着眼又从热气升腾的蒸笼里拿出一个馒头："来，安安，再吃一个。以后，"他说了声以后，就突然不说话了，一张脸在烟雾中若隐若现，一会儿又说，"以后，你要看年看月才吃得到爷爷做的馒头了！"

我哭丧着脸一个劲儿地告饶："爷爷，我真是不想吃了，我真的吃伤了，同学们都说我不止打饱嗝，就连说话都有股馒头味了。"

"胡说！"爷爷瞪圆了一双小眼睛，亮出了他的招牌大嗓门。一会儿又小心翼翼道："那些同学真的这样说你啊，都怕是开玩笑的吧？"

没想到我的爷爷——饱经沧桑的树娃这么好骗啊，我拍打着桌子，嘎啊嘎地笑，并一个箭步在他的"栗子"抛过来之前飞速消失。

两个多月之后，我来到济南，在距南同县一千八百多公里的地方，感受泉城的初秋。

最初的兴奋劲儿和新鲜感很快过去了，不知怎的，一马平川的济南，看着看着却成了有小山城之称的南同，一条条宽阔平坦的道路，看着看着却成了那条老街。北方的馍馍也真没说的，面确实好，筋道耐嚼，心中却在想，若嚼的是俺家的宋记老面馒头，那该有多好啊。

晚上，我给爷爷打电话。不想喊了一声爷爷后，却说不出话来了。

安安，爷爷像有好久都没听到你说话了。爷爷的声音有点儿哽咽，听上去低哑了好些。

怎么我的眼中也起了一层雾？我紧张地仰起头，想把那层雾逼回去，可一丝清鼻涕倒先滑溜了出来，一个 18 岁的小伙子怎么会这样？又怎么能够这样？真是没出息，脸有些发烫，赶紧捏着鼻子擤。

“安安你感冒了啊？都流清鼻涕了，莫忙吃西药，先兑点感冒冲剂喝，一个人在外头，千万要照顾好自己，别让爷爷奶奶担心哈。”爷爷的叮嘱密密麻麻地扑来，人说女人老了爱念叨，看来男人也一样呢。不过我爷爷的耳朵一点儿不见老，还怪灵的。

我诺诺应着，清了清嗓子后，说：“还有，爷爷，我想吃我们家的老面馒头了。”

“要得，要得!”爷爷的声音忽地回复到平日的音量，不，还提高了不少。“安安，爷爷把馒头做起蒸好，等你回来吃啊!”

我爷爷的嗓门真大呀，震得我的耳朵直响，震得那颗在眼眶里晃荡了半天的泪珠子，终于一个跟头跌了出去。

蔷薇花瀑

1

上了岸，机动船的噪声便渐渐没了脾气。我和爸妈沿着菜地中间一条一米多宽的土路，向张姨家走去。

安静极了。除了阳光泼洒在菜叶上，除了知了追着耳朵扯着大锯，除了妈妈不时冷冰冰地叮嘱我，到了张姨家要记得喊人，要懂礼貌。

菜地树少，几乎没有树荫，虽至夏末，太阳却剽悍不减，我抹了抹汗水，闷声闷气地应着。我素来不愿跟着爸妈串门子，尤其是为了中午混口饭吃，而去串一个素不相识的门子。我讨厌在他们的安排下喊这个叔叔那个阿姨的，我言拙口钝，在大人们眼中是一个嘴巴极为不甜的人。妈妈为此很是不解，她说奶奶在我出生时，是拿蜂蜜抹了我嘴皮的。

妈妈以前同我说话不是这种语气，尽管絮叨，可并不像现在这样跟吃了冰块似的。自从我落榜后，她声音里类似于吴侬软语的成分就急不可待地撤退了。

是的，我是个落榜生，1988 年的夏天，我连东安县城一所镇中学都没考上，更遑论东安中学了。常来我家走动的几个小伙伴都考上了省级重点中学。

落榜是意料之中。除了语文课和历史课，我经常在课堂上看小说，不然就是盯着窗外的树和树上的鸟。晚上睡觉时，我经常偷偷地打着手电筒，看我喜欢的《笑傲江湖》或《梅花烙》一类的小说。这样不用功学习，整日看闲书的我，如何能考上高中？

落榜之后有两个选择：一是成为待业青年，参加待业青年岗前培训，半年后去工厂当工人；二是再复读一年。我想读书，只是，数理化的书让人头痛，我喜欢唐诗宋词，一颗被豪放大气或婉约纤巧的诗意浸润的心，怎会愿意整天陷在机器的轰鸣声中？

爸爸秉持着非此即彼的观念，考上就读，考不上就不读。在妈妈的坚持下，我来到一所乡村中学复读。

说起来仅一河之隔，但隔河千里，即便是枯水期，河面搭了浮桥，从家到学校，没有个把钟头也不行，更别提涨水期拆了浮桥，要过河就得看那机动船，没有凑满一船人，就算望穿了河水，它也是不会作声的。来到这所乡村中学上学，我的午饭在哪儿吃就成了个问题。

我妈妈宋英同志眉头皱了老半天后，眼珠子一转，电光石火般一拍大腿，哎呀，我怎么把这个人给忘了呢？

这个人就是张姨，青石坝人，几年前，奶奶住院时与我妈认识的，和青石坝的农民一样，在那片平坝地上种蔬菜。我妈妈工作的糖果厂就在县医院对面，妈妈每次熬了汤给奶奶送去时，总会给同病房的张姨舀上几勺子。张姨为此感激不尽，她总说她运气好，虽然生了场病，却多了个姐姐。这之后，张姨在城里卖菜时，只要碰到妈妈，必定拿起一把菜往妈妈手里塞，若是推脱，定会急红了眼，吵架般高声嚷嚷。

既然想到了张姨家这个可让我吃上午饭的地方，妈妈就喊上爸爸和我，拎了些糕点，过了河，再走过菜地，去张姨家。

走过一段平坦的路后，那条土路就开始拽着我像绑了沙袋的腿，一直往上走。这条路怎么这样长还这样高嘛！我嘟哝着。古诗说“一去二三里，烟村四五家”，我却好像走了二三十里才看到青砖瓦房，不过倒不只四五家，而是连成片的。

古诗又说“亭台六七座，八九十枝花”，亭台是决计没有的，谷草绑成的草树倒是有六七棵。但是，我看到了花，红的粉的一大片，从一堵院墙上倾泻成一道花的瀑布。

我一下就冲到了爸妈的前面，从小路左侧下得几步石阶，就到了那道花瀑前，也到了张姨家。

是蔷薇花，我们管它叫月月红。那么美，绯红、浅粉，宛如粲然的笑脸，亮闪闪的，晃花了我的眼。又那么多，密密麻麻，挤挤搡搡，总有成百上千朵吧，阳光下，静静地流淌，静静地喷溅着浓郁的花香。

乡村不缺花，不过开在地里的是菜花，开在山坡上的是野花，堂前屋后的是桃树李树开出的花，在家门前看到这成片的鲜花，算是头一回。我微张着嘴，目光呆傻地盯着那道蔷薇花瀑布。谁若递给我一本金庸或琼瑶的小说，我也会露出这样的表情。

我顽劣异常，与很多女孩子不一样，比如打死也不肯认一句错，不肯抛洒一颗泪珠子，因此讨来爸爸更为酣畅的饱打；比如迟到了没喊报告就进了教室，老师叫重新来过，我正为上节课看小说被班主任训话而一肚子气，便摔门而去，将一节数学课拱手让给东安中学那片无穷碧的荷塘。不过，我也和很多女孩子一样喜欢花，特别是蔷薇科的花，玫瑰、月季、蔷薇，即便是那野山坡上的野刺玫，也可轻易就将一颗老是昂着的头给按下来。

香花多半不好看，好看的花又多半不香，但这些玫瑰、月季，又香又好看，所以只得生出密密的刺来，以便保护自己。直到现在，若遇见它们，我还会心想着身上要有把剪刀就好了，也好偷偷剪它个一两枝。

2

“哎呀，宋姐姐来了，快进来坐，快进来坐。”一个农妇模样的人从一幢青瓦房中急匆匆走出来，一双眼睛里全是闪闪的惊喜。见我傻乎乎地盯着那些蔷薇花，就笑着说：“那是我栽的月月红，疯起长，把一堵墙都铺满了，喜欢就摘哈，多得很。”又喊：“外头热，快进屋里坐。”

“这是张姨。”妈妈说，并暗示着深深地瞄了我一眼。

说实话，张姨长得不好看，脸黑黑的，眉毛粗粗的，嘴唇厚厚的，然而她嘴边的两个酒窝非常好看，圆圆的，恰似两盏微型酒杯，装满了迎客的酒。张姨一直笑着，那两盏酒窝就一直旋转着，跳跃着。于是，排斥、戒备、羞怯，种种情绪都悄悄退到了一边去。

我口齿清晰地喊了一声张姨，绝不像以前爸妈说，招呼个人要吃多大个亏似的，像默默蚊（蠓虫）在哼哼。

张姨的丈夫周叔在一家工厂当工人。常听大人们说，一工一农永远不穷，张姨家的日子过得不比城里人差。周叔一看就是个憨厚人，微笑着，不大说话，偶尔说上几句，还得把手不停地搓。

张姨有两个孩子，大儿子周强比我大两岁，跟周叔一样不多言不多语，小儿子周勇小我一岁，但低我两个年级，上初二。周勇的长相随周叔，白白的，眉目清秀。心想那双眼睛要是生在我脸上就好了，圆溜溜儿的，又大又双，偏偏长在一个男孩子的脸上。性格却像张姨，外向，爱说爱笑。

“易爱军。”周强在知道我的名字后，皱着眉头，喃喃道。然后摇着头说：“你这名字不太好听，像个男生。”

纵然我素来不喜欢爸爸给起的这名儿，不是不太好听，而是一点儿不像女生的名字，可是只能我自己不喜欢。我把头一抬，使劲儿剜了他一眼说：“我觉得好听就可以了！”

“周勇，你都 14 岁了，还这么不懂事，快点喊姐姐！”张姨也剜他一眼。

周勇嘴一咧：“我才不叫她姐姐呢，她看着比我还小些。”

过了一会儿，周勇又问我：“易爱军，你爱看书不？”

“那当然。”

“嘿，我也喜欢，你喜欢看谁的书？”

“琼瑶。”我一字一顿道。我本来是不愿对别人说起这个作家的，不好意思嘛，一天谈情说爱的，可不知怎的，好像置气似的，我偏就要对周勇说出来。

“真没劲，你们女生怎么都爱看这个。”

“还有金庸。”我又把头一抬。

“哈，我最喜欢金庸了！”周勇的眼睛一下子金光闪亮：“我看过《射雕英雄传》，上下集看完了的。”

“这样啊。”我冷冷一笑，“那《天龙八部》《雪山飞狐》《倚天屠龙记》《书剑恩仇录》，你看过没有？”我摇晃着脑袋，吐枇杷籽一样倒出金庸小说来，每说出一部，周勇就会倒吸一口气，眼睛也会配合着亮一下。停了会儿，我一个浅浅的微笑递了过去：“还有梁羽生和古龙的，你看过没有?”

周勇摇了摇头，有些沮丧：“我只看过《射雕英雄传》，易爱军，你在哪儿看得到这么多书?”

“我有图书馆的借书证啊!”我挑着眉，胜利的笑容再也憋不住，哗哗地全溢出来了。周勇凑了过来，一双乌溜溜儿的大眼睛像搁在我脸上，“可不可以也借我看一下嘛？我带你到河边捉螃蟹、网虾米。”

这个交换条件听起来着实诱人，只恨不得现在就能把书交到他手上。看来周勇也不是太让人讨厌。

我与周勇叽叽歪歪地说着，张姨和妈妈更有聊不完的话，听她们说：“瞧这两个人，一见面就这么多话，活像老早以前就认识的。”

张姨家还有个老外婆，七十多岁了，眉眼里聚满了慈爱。她迈着一双尖尖小脚，碎步走到我面前，拉着我的手说，这个姑娘才生得乖巧哟。就这句话，让我激动得眼泪都快迸出来了，好像从小到大，只听人说我和男孩子一样调皮，生得也像个男孩子，没谁说过生得乖巧的。我从未见过我的外婆，真想和周强、周勇一样，叫面前这个小脚老太太为外婆，而不是叫她张婆婆。老外婆绾着发髻，白白净净的，眉眼也清秀，年轻时准像个坐在绣楼里做女红的小姐。

坐了一会儿后，泡菜烧鱼的味道扑鼻而来，香得我一连打了好几个喷嚏。不多时，老外婆就往桌子上摆碗筷了，一大桌，几样小菜不消说，都是刚刚从菜地里采摘回来的，只说那碗红烧鲫鱼和一盘泡椒鸭胗，咸鲜香辣，很多年以后，仍然勾着我的味觉。张姨说：“这鱼是当门大河里的，鸭胗是坝上做鸡鸭生意人家的货，新鲜得很。”妈妈瞅了我一眼说：“我这个女儿就是属猫的。”话还在半空中，张姨和老外婆就在我的碗里堆出一座小山来。

3

九月，我的“初四”生活开始了。

学校因为位于青石坝村而被称作青石坝中学，我虽然对接受这所乡村中学作好了很充分的思想准备，可走进去一看，才发现我的思想准备很不充分。

严格说不能是走进去，而是走过去，因为没有校门的嘛。说是一间教室，其实也就是一间石头垒成的破瓦房，低矮破旧，孤零零地蜷缩在一面缓坡上、一条碎石路旁。这间教室便是青石坝中学的初三教室，初三也就这一个班。初一、初二在坡下。

教室背阴，窗子极小，挂着被风扯成布条的布帘子。其实说是几个黑洞可能更准确。四十来张课桌，有木头的，也有石头的，仿佛专为小学低年级学生量身打造，矮小得不像话，且在绳子和木棍的支撑下，异常艰难地度日。

更加难以忍受的是厕所在教室旁边一户农家的猪圈里。

我的思想准备一次次被青石坝中学迎面痛击。

语文老师面目严肃地讲解岑参诗歌《白雪歌送武判官归京》中的一句“风掣红旗冻不翻”。他一字一顿道：“边关的风太大了，所以红旗就翻动得非常厉害，看上去就跟没有动一样。”我对这个老师的讲解不以为然。语文老师非常尽职，他认为很有必要提醒一下这个在老师授业时不专心听讲的留级生，便努力用幽默轻松的语气道：“这位同学，你是想举手发言呢，还是在摸鼻子玩啊？”静默如冬夜的教室，立刻响起了春水般的欢笑声。

4

眼泪酝酿了很久，却并没有掉下来。

还没走下小路侧边的台阶，院墙上的那道蔷薇花瀑布已奔涌而来，我一口气跑了过去，我可不像有的女孩子，动不动就哭哭啼啼。我怎么会哭呢？周勇又该说我真没劲了，他本来就爱说我：易爱军，那些花花草草到底有什么可看啊，你怎么总盯着看呢？真没劲！

老外婆也迈着她那双小脚，碎步打花瀑前走过。她常常对乡邻们说：我们家来的这个姑娘，最喜欢这些月月红了。可她还忘了对乡邻说：我们家来的这个姑娘，最喜欢吃我烧的小鲫鱼了。

我也最喜欢看老外婆烧鱼了。烧鱼前先得把泡菜和豆瓣酱一起炒香，灶火熊熊，热烟滚滚，老外婆眯缝着眼睛，加水，水涨后将鱼一条条丢进锅中，有的还摇着尾巴跳呢，外婆赶紧拿锅铲摁住，盖上锅盖，十来分钟后揭开锅盖，切几棵芹菜撒下去，那个香，只怕河对面都闻得到。

对了，我长这么大，头一回在青石坝与苤蓝相遇。那苤蓝比大头菜圆一些，长得也更好看，不像大头菜满脸的皱纹，口感特别好，脆脆的，炒肉或是凉拌都好吃。张姨和老外婆都对我说：“爱军，喜欢吃就多吃点哈，地里头多的是”，说着就让我的碗冒了尖。

老外婆做的这几样菜就是好吃，饭都要多吃些，可是我只在张姨家吃了三个月的午饭，就逃离了这里。

那天中午我在里屋写作业等饭吃的时候，周勇端着一把仿真玩具冲锋枪冲了进来，把我吓得一声尖叫。他却仰头大笑，眉毛都飞到了半空里。我“啪”地一下把笔往本子上一拍：“周勇你是不是发疯了啊？”

周勇也不理会，说：“易爱军，我叔叔送了把冲锋枪给我，扣动扳机就会有各种声音，你试一下嘛。”他眯着一只眼睛瞄着那枪，不住口地发出“砰砰砰”的声音。

一把粗糙的破玩具枪也能高兴成这样，我接过周勇递过来的枪，敷衍地按了按扳机，就还给了他。

不想那枪在回到主人的手中时，竟纯属巧合地成了哑巴。周勇捣鼓着那把破枪，声音里明显有了不耐烦：“哎呀，你怎么回事呀易爱军，枪都不响了。”

那一瞬间，我怒瞪双眼，脸也涨得通红，说不出话，也不想说，只是喘着粗气，一动不动地看着他。

估计我眼中的怒火烧伤了他，他的脑袋就那么一抬：“易爱军你想怎样，像个母老虎，难不成你还想吃人啊？不过你得问问它答不答应！”

周勇说着将拳头扬了扬，鄙夷地扫了我一眼后，转身走了。

我愣愣地站着。是，你妈妈收容了我在你家吃午饭，但你不能因为这个，就可以在我面前骄纵耍横！愣怔片刻，我从作业本上扯下一页纸来，像从前与同学闹矛盾后写绝交信一样，几笔写下了本人的严正申明：

一、我承认看过你的玩具枪，但这是应你的请求，与我无关！

二、我承认玩具枪在回到你手上后出了问题，但这是它自身的原因，与我无关！

三、我承认在你家吃白食了，但这是我妈和你妈之间的事情，与我无关！

四、从此以后，你走你的阳关道，我过我的独木桥，再不相干！！！

信写好后，我拿个墨水瓶将它压在桌子上。我本想从后门走，可那样得经过灶屋，灶屋里，老外婆正在用滚油炒着豆瓣酱和泡菜，一会儿要烧小鲫鱼。

泪水憋在眼眶里，人往门外冲，眼角的余光被一天天凋谢的蔷薇花绊了一下后，那道红色花瀑就迅速消失在我的身后。

冬日里，河风低吼着，寒意袭人，我本来应该像一只寒号鸟那样缩着脖子，但我努力地昂着头，做悲壮相，大踏步向前走。

过了浮桥，我直奔码头边的食店，买了两个肉包子，没水喝，饿急了也管不了那许多，几大口囫囵吞下，噎得人脸红筋胀。回教室后，同学告诉我，张姨来找过我，并加重了语气说，一跛一拐地走来的。

是走到路上的时候崴了脚，还是摔了跤？我心中有些不安。下午一放学，我就悄悄来到张姨家后门外，周勇的声音又忽高忽低地撞进我的耳朵。

5

从张姨家走后，中午上哪儿吃饭又成了问题，不过，我很快就解决了这个问题。

班上有两个女同学，都是外村人，其中一位的亲戚在青石坝村有一间闲置的房子，两人中午就在那里煮面吃，我找到她们，就和她们一起。

一株不知有几百岁的黄葛树旁，一间竹篾编的泥巴糊的房子探出头来，空荡荡的，晦暗、衰朽、颓败，像残年的老人，颤颤巍巍。

一个小柴火炉，一口补了多次的大锅，一把干面，大半茶盅加了盐的油辣子，三个女生用它们来加工午餐。面煮好了，却没桌子可安放，只能端在手中。这碗面，没几滴油水，有盐无味，一股干辣的味道在嘴里左冲右突，说真的，极不挑食的我，也是勉强将一碗面吃完。

家中有几瓶富顺香辣酱，那个香辣味，单闻着都不知今夕何夕，是爸爸到富顺县出差时买回的，除了吃面，一般都舍不得拿出来。我对妈妈说，给张姨带一瓶去，妈妈一双丹凤眼都笑成了一条线，直夸我懂事了。

中午煮了面，各自把那香辣酱挑得一点在碗里，拌了面吃。三碗面，风卷残云地被三个女生消灭。那二位同学，咂巴着嘴回味，只怪我没有早些来。

午餐的问题算是解决了，可每天早晚经过张姨家又成了问题，张姨家那座青瓦房子在那条土路的侧面，路过那一段时，我总是一溜儿小跑，绝不斜视，我怕那一挂蔷薇花瀑布前，会突然出现一对酒窝，或是两只小脚，或是，周勇的声音。

妈妈是去张姨家才知道这事的。张姨一个劲儿地给我妈道歉，弄得我妈好生过意不去。妈妈回家说起这事的时候，我竖起了耳朵，从妈妈的话里捕捉关于张姨那只脚的讯息，还好妈妈并没提起，想来应该没事了。这才暗暗松了口气。

妈妈还带回一个笔记本，新的，塑料封皮，是我喜欢的蓝色，说是周勇给我的，这已经足够让我无法相信了，却还有更令人觉得诧异的，扉页上有字，我瞪大了眼睛看那几行字——易爱军：你一定会成为一名作家或诗人。周勇赠。1988 年 10 月 1 日——看日期是在我离开张姨家之前了。再一翻，那本子里竟然还夹着几枚蔷薇花瓣，虽已干枯，却仍暗香残留。心跳有点儿快，鼻子又忽地有点儿酸，我赶紧来了一串假咳嗽，掩着嘴巴，别过头去。

妈妈呵呵地笑，说没想到周勇这个娃娃还挺细心的，知道我平时爱记日记，放国庆假时就买了一个，不过又没有时间给我。我哼了一声，心想这家伙真笨，找个理由都不会。

张姨还让你原谅周勇，说他不懂事。“你看看你，让妈妈都不好意思了。”妈妈责怪道。

“我才不原谅他呢。”我眼睛一斜，不料斜过去的时候，一双圆溜溜儿的大眼睛却出现在眼前，像阳光下的涪江河，闪呀闪的。

妈妈还说，张姨和老外婆让她一定给我讲，还上家里来吃饭。妈妈要她们别管我，她说：“我这个女儿我晓得，就是个犟脾气。”

我无比赞同妈妈的评价，就像我无比赞同东安中学的同学们，商量好了似的，把没有二十个，也有十九个的“古怪”“任性”这俩词，留在了我的毕业留言本上。

尽管我多么想每天都能够看看蔷薇花瀑布，能够隔三岔五地吃一回红烧小鲫鱼或泡椒炒鸭胗，可我仍然坚持着，在一间破朽不堪的小黑屋里，将一碗干辣干辣的干面吃到了上学期结束。

女儿如此草率地对付自己的午餐，作为母亲又怎能放心？妈妈又为我奔走，总算为我在县城的那所镇属中学里谋得一张课桌。

9 月，我唱着正在热播的电视剧《济公》中的歌，“鞋儿破，帽儿破，身上的袈裟破”，到市里的一所技工学校报到。

第一次离家在外，想家想得厉害，东安县的一砖一瓦、一草一木、青石坝的种种，不时顽强地挤进来，包括周勇。他也该上初三了，也会坐在半山坡上那间孤单单的破烂教室里了，他会遇到那个另类解读《白雪歌送武判官归京》的语文老师吗？不知他是否也会在语文课上手抵额头，像是要举手发言，又像是摸着自己的鼻子玩？

就这么总在心里想着，憋得慌，便到学校的小卖部买来信笺纸，一口气写了两页纸。在问候过周勇以及张姨和老外婆后，我问起他家那片蔷薇，写到这里，那一道红的粉的花瀑，就哗啦啦地流淌于眼前。我不知道周勇在路过那些花儿时，会不会看见一个梳着马尾辫的女生，正安静地站在花瀑前？不过是这么一想罢了，并未写到信纸上，可脸颊却如同着了火，呼呼地燃烧起来。

信写好了，我却在想，易爱军，你怎么能主动给一个男生写信呢？并且你还气势汹汹地给他发过一个严正声明。于是，这封信来得快去得也快，它在我的手中化成一群白色的蝴蝶，盘旋复盘旋，终于消失在风中。

空落落的日子很快被来自市内各区县的同学填补。技工学校管分配，所以可以安心地翻着小说，每隔一两周我就会与同学一起溜出学校去，逛街、看电影，三年技校时光一晃而过。

6

毕业之后，我满身油污地和闹哄哄的机器打了三年交道，之后考进一家报社，做了一名文字编辑，尽管没有成为周勇所说的作家或诗人，但没事也喜欢写作，算是和文字有了缘分。

有时会在电话里说起张姨。

以前听妈妈说，张姨还跟多年前一样，在街上卖菜遇上了，依旧会吵架似的把菜往她手上塞。

也不动声色地提到过周勇。说真的，我有点儿想不通，他平时学习并不怎么上心，加上又是那样的一所学校，但那一年，从坡上那间石头房子里考上高中的学生，他却是唯一的一个，也在我读过一学期的镇中，难道是天赋如此？周勇高中毕业后，上了大学，进了报社，如今和我做着相同的工作。

妈妈见过周勇两次，一次是在张姨六十岁生日时，妈妈说小伙子长得人高马大的，精神得很，嘴巴也甜，见了她，宋姨宋姨地喊着。

妈妈说，周勇和你一样，也喜欢写东西，还写了一本书呢！她从张姨家带回周勇写的那本书，是一部小说集。

十几个短篇，其中一篇的题目，猛地攫住了我的眼球——《蔷薇花瀑》。这个当年声称看花花草草真没劲的人，细腻、深情而又有些忧伤地写花，写花一样的年华。

小说中的女孩离开了她心心念念的蔷薇，去了另一所学校，男孩很难过，可又不能告诉任何人，他只能站在院里的那片蔷薇花瀑前，暗暗发誓：我一定要考上那所学校。

姣美的花、一只正在学打鸣的小公鸡，这是一对什么样的组合？尽管泪珠早已倚着眼眶向外探路，我却依然忍不住扑哧一笑。

“时光如流水，却总有一些东西带不走，譬如那道蔷薇花瀑，一直挂在他心间。”这是《蔷薇花瀑》中的一句。这么些年，工作，结婚，生子，我以为，我的心早被那些大大小小的事情塞满，却在读着这句话时，发现很面熟，简直像是从我的心底给抄袭了去。

回家看到的这本小说集，返程时被我悄悄放进了行李箱。

妈妈再次见到周勇，是在老外婆的丧礼上。老外婆已近百岁，可谓喜丧，我的眼睛却在揭开那些旧事的封条时渐渐蒙胧。

几年后，周叔因病离世，大儿子周强便将张姨接到县城，张姨从此离开了青石坝。

7

再一次走进青石坝的时候，当初那个走在菜地里拉着一张长马脸的十五岁女孩，如今已有了一个十五岁的女儿。

四月天，万物都复苏了，可是青石坝上的泥土，泥土之上的莴笋、萝卜、大白菜……却再也醒不过来。

我不知道为什么还会来到青石坝，在明知这个坝已不是当年的那个坝后，我的双腿依然顺着当年的线路踏上了青石坝。更准确地说，也并非完全是当年线路，没有坐机动船，一座气势如虹的斜拉桥取代了浮桥与哐哐拍着耳朵的机动船。也无须踩着菜地中间那条一米多宽的土路。多年以前，那条我抱怨着看不到尽头的土路，也终于被光阴抛到了尽头。

春日的下午，阳光很好，耀着人的眼，当然，也仅仅如此，你即便支棱起耳朵，也绝对听不到它们泼洒在菜叶上的声音。你最多能够听到阳光与车流、与楼厦、与商铺中，一个更比一个亢奋的音响互相碰撞所发出的声音。

不错，在这里，蔬菜已无立锥之地。

青石坝现在已不叫青石坝，它成功地融入了城市，并跻身为新的商业核心圈，它也有了一个新的名字，很是洋气。在纵横交错的楼群里走走停停的那个人，变化同样很大，但是和从前一样爱唱歌，这个时候正顺手捡起一首老歌哼唱着：看世事无常，看沧桑变化。

这个地方曾经出产蔬菜，绿油油的扑你个满身满脸，如今“出产”楼房了，一座座你追我赶，拔地而起，又冲天而去。

面对眼前无边无际的楼群，我仰起头来，脖子酸，老眼花，人也一阵阵犯晕。

在无边无际的楼群里，我数度像个迷路的小孩。

虽已面目全非，虽已有了一个更漂亮的名字，我仍然固执地称呼青石坝为青石坝。就算在这个叫青石坝的地方，我再也看不到张姨家那栋青砖瓦房，以及，我从未向人提起过的，那一道静静流淌的蔷薇花瀑布……

选　择

丈夫去世后，苏小红陷入极度悲伤之中。妹妹苏小梅对此很是担心。再等等吧，时间不是最好的医生吗？不要说谢志勇是匆匆走掉，即便是慢慢离开，时间这个医生也得耐着性子为苏小红疗伤。

苏小红是苏小梅的姐姐，苏小梅来到世间的时候，最开心的人莫过于苏小红，10 岁了，终于也能和别的小伙伴一样，有了跟班的弟弟或妹妹。母亲心脏不好，生下苏小红后，医生就告诉她不能再要孩子了。可母亲还想要个男孩。时间一年一年过去，就在母亲已经放弃的时候，奇迹竟然发生了。

但医生递过话来，要想保命，就不能要这个孩子。

但这个孩子就是母亲的命。

“野得很呢，肯定是个男孩。”母亲给这个孩子的名字都想好了：苏鹏飞。大鹏展翅，一飞就会冲天呢。

然而母亲不惜性命生下来的孩子，不是“苏鹏飞”，而是派出所都催好几回了，才草草递了个名字过去的“苏小梅”。

十年怀一胎，却不是母亲盼望的男孩，这未免让母亲失望至极。苏小梅不到一岁，母亲因病去世。过了两年，父亲便选择了再婚。年长妹妹10岁的苏小红，既当姐姐，又当母亲，17岁以前，一颗心全在妹妹身上，17岁以后，谢志勇闯进了她只装着妹妹一人的心房。

那一年，谢志勇从一个小镇转学来到南城，成为苏小红的同学。那个时候，梁羽生和金庸的小说正在同学们手中宝贝般传递着，新来的谢志勇立刻成为女生心目中玉树临风的翩翩少侠。谢志勇面目清秀，个子高高的，成绩也没得说，一来就把班上的第一名挤了下去。苏小红清楚自己的分量，班里早有男生心目中的“黄蓉、赵敏”，她站在她们身边，感觉就像她们身边的侍女，所以女生在议论谢志勇的时候，她从不插嘴，只侧着耳朵偷听。然而，让她没想到，也让全班同学都没想到的是，谢志勇钟情的，居然是她这个默默无闻的“侍女”。谢志勇在信里说，她的眼睛，是两泓清粼粼的山泉，让他毫无防备地掉了进去。苏小红长相普通，属于走进人海就消失不见的人，可单看一双眼睛的话，真是漂亮，黑漆漆、亮晶晶，确如谢志勇所言，像两泓清粼粼的山泉。

高考后，谢志勇顺理成章地成为大学新生。苏小红却落了榜，成为了父亲的工友。谢志勇家境贫寒，苏小红在噪音震天的车间里努力工作，攒下的钱则源源不断地流向谢志勇。毕业那一年，谢志勇有机会留在学校所在的城市，但他还是回了老家，堵住了一张张断定苏小红必被抛弃的嘴巴。然后结婚、生子，儿子大了，苏小红也离开了闹哄哄的工厂，坐在办公室里喝茶、聊天，白发渐生，青春远去。

苏小红在一个本就清闲的单位上班，加上没几年就退休了，也就更清闲了，基本提前过起了退休生活，成日往返于菜市场和厨房，为谢志勇煲汤似乎是她最大的爱好。而特别让她感到欣慰和骄傲的是，谢志勇喝了汤之后，总是十分体贴地对她说，“夫人是做大事的人，洗碗这些小事情，我来做”，让苏小红快去休息。

谢志勇在单位人缘很好，是大家公认的好男人，事业成功又顾家。

南城是个小城，知道他们两口子的人不少，女人们羡慕与妒忌的台词背后，暗伏着不解、无奈，而更多的是羡慕：不止洗碗这样的小事，苏小红的皮鞋沾上灰尘了，谢志勇也会一手持鞋子，一手拿鞋刷，唰唰唰——

邻里无不把苏小红的儿子拿来逗趣，“别人都说妈擦皮鞋，你家却是爸擦皮鞋。”

那时候苏小红的儿子还小，如今已在北京的一家公司工作了，他的爸谢志勇，还会为他的妈苏小红擦皮鞋。

“我们家志勇呀……”一提到谢志勇，苏小红的嘴里必然少不了这一句，一丝本该属于少女的羞涩，也控制不住地从细纹层叠的笑容里突围而出。都过了知天命的岁数了，应该开始于高中时代的那种表情，竟丝毫不见褪去。

苏小梅一直认为，姐姐苏小红是世界上最幸福的女人，如果苏小梅那天没有加班，抑或，如果谢志勇那天没有在综合大楼旁的路口打车的话。可是不巧得很，苏小梅那天加班了，谢志勇那天也在路口打车了。

那天，苏小梅从大楼出来时，已是万家灯火，但她知道，那星星般镶嵌在千万扇窗口间的灯光，没有一盏来自她家，家中的灯向来都是她回去点亮。苏小梅驾车行至路口，看见谢志勇朝过往的出租车挥着手。

“志勇哥，上车吧！”苏小梅摇下车窗，一股酒味和六月天的热浪一道扑面而来。

谢志勇重重地坐进车里，很舒服地出了一口大气，苏小梅的鼻子和胃立刻很不舒服地提出了抗议，眉头也配合着皱成一团。

“喝多了吧志勇哥。”

“推……推不脱啊，这……这不就偷偷开溜了嘛。”谢志勇红着一张脸、大着一副舌头的样子，完全颠覆了平时的儒雅稳重。

车子开得很快，没一会儿就到了谢志勇家的小区门口，可谢志勇半天下不了车，好不容易下了车，却是一个趔趄。苏小梅正想下车，谢志勇的酒气已飘进了车窗，“小……小梅，我走……走不了了，你就不……不送送我?”

苏小红到北京看儿子去了，苏小梅打算把他送到楼下。

路上，谢志勇继续结结巴巴地，那发散的酒气让苏小梅食指一横半堵了鼻子，暗想，酒可真是个不可思议的东西。任他摇摇晃晃地走着，如果哪一步摇晃得厉害了，再扶他一下。

终于到了楼下，谢志勇的舌头更大了，“小……小梅，不……不送你志勇哥上去啊?”那是一栋五楼的住宅，无电梯，谢志勇住二楼。

“你自己上去。”话刚抛过去，苏小梅又担心谢志勇的安全，于是两个人一同上楼。

门开了，苏小梅叮嘱谢志勇早点休息，就在她转身的同时，谢志勇一把抓住了她的手，说话也神奇地利落起来：“小梅，你今晚真好看，跟仙女一样。”苏小梅那天一袭白裙，很飘逸，但话从谢志勇嘴里说出，苏小梅除了惊愕，还是惊愕，和苏小红一样又圆又大的眼睛，在极度扩张之后，几乎能吞掉面前的谢志勇。“小梅，其实我，其实我一直都很欣赏你，也，也喜欢你。”说着说着，谢志勇的声音含混起来，他捧起苏小梅涨得通红的脸，将一团热辣辣的酒气，迫不及待地盖了上去。

“谢志勇，你清醒点!”苏小梅像一只愤怒的野兽，张牙舞爪地推开了谢志勇，夺门而出。

“我们家志勇呀……”是酒让苏小红家的志勇发了疯，还是苏小红家的志勇借了酒发疯呀？苏小梅无法辨别，然而可以肯定的是，无论哪一种，谢志勇都已不再是从前的谢志勇，所以苏小红，也绝无可能再是从前的苏小红。车子半天发动不了，苏小梅趴在方向盘上，胃里上下翻涌，太阳穴突突地跳动。

回家了，灯居然是亮着的，一个体格庞大的男人坐在电视前摆弄手机，是苏小梅的老公，姓龚，他很为自己的姓而得意，说大家都喊他老公。苏小梅偏不，呼他为胖子。

“回来了？”那胖子盯着手机，头也不抬。

就在那一刹那，苏小梅的眼睛生出钩子来，牢牢地抓住了胖子那张肥肉堆叠的脸，胖子以前不胖，做了餐饮生意后，肚皮里很快塞满了酒肉。公认的好男人谢志勇尚且如此，那么，这个从没谁说过他是好男人的男人呢？胖子终于发觉苏小梅在看她，这才将脑袋从手机里拔出来，然后左一下右一下地抹着他的脸：“怎么了，粘饭粒子了？”

她也就那样直勾勾地盯了胖子一次，她可没那么多闲工夫去琢磨那张胖脸，科室三个人，一个是刚来报到什么都还在学习中的大学生，一个是像苏小红一样没两年就退休的老前辈，科里的事几乎全靠自己一肩担着。得空时，苏小梅习惯在家中临窗的书桌前，握一管狼毫，起笔与收笔，提笔与顿笔，轻松游走于发黄的宣纸之上。她喜欢行楷和隶书，喜欢看它们清朗俊逸和朴拙敦厚的脸，从不担心像面对胖子那张大胖脸那样，有时候会腻，有时候会烦。

酒后吐真言，如是，酒后也会露真脸，看过谢志勇那张以前从未见识过的真脸之后，苏小梅犹豫着是否告诉苏小红。苏小梅当然不会还原那晚的事，是提醒苏小红，不要对谢志勇太放心了，得留意一下。而这以后再见到谢志勇，苏小梅就极为自然的极为不自然。谢志勇却自然得很，笑着打招呼，跟往常无二，仿佛那晚的事情与他无关，甚至根本就不知道那晚的事情。是装的？是觉得无所谓？那他可真是个厉害角色。还是像一些酒徒所说，酒醒后，就不记得醉酒时说过的话、做过的事了？反正，谢志勇就是一副云淡风轻的模样，而苏小梅则是一万个不自在。

不过，这种不尴不尬的日子并未持续多久，谢志勇就突发心梗离开了大家。

死者为大，对谢志勇的鄙视、愤怒都随之烟消云散，苏小梅本以为，那天晚上的事，从此就成了她一个人的秘密。然而她发现，时间这个医生非但没有减轻苏小红的症状，反有加重之势，半个月了，仍茶饭不思，当年让谢志勇掉进去的“两泓清粼粼的山泉”，也没有一刻干过，泛滥到无休无止的眼泪，毁掉她的眼睛指不定就在啥时。虽说鱼尾纹已开始攻城略寨，但那双又圆又大的眼睛，仍是苏小红平淡的脸上最出彩的地方，而现在，又红又肿，仅余一线可怜的缝。

不错，没有时间治愈不了的伤痛，可是看着苏小红每日在痛苦中沉沦，苏小梅犹豫了。必须得告诉她真相了，必须。她要让她明白，她用不着为谢志勇痛苦成这样。她不是要说一个已故之人的坏话，只是想尽其所能，让一具还活着的躯体，重新找回从前的活力。一个人就算拥有忠贞不二的感情，也应该有一个属于自己的空间。但这无疑是一副药效猛烈的西药，副作用很大。

“姐……”苏小梅一握住苏小红的手，姐姐平时最爱说的那句“我们家志勇呀……”就迎面而来，苏小梅犹豫了，不过也就片刻。苏小红的手，原本缀着一个个肉窝儿的，如今已干瘦得如同枯枝。苏小梅揉搓着掌心里的“枯枝”，开始了她极为小心的讲述，于是，苏小红家的志勇呀，他的另一张面孔，就在苏小梅委婉的措辞中，一点一点地展露出来。

冰冷的“枯枝”不可抑制地颤抖着。肯定很痛，可是，“姐，我们女人应该为自己而活，从现在起，你得好好地为自己活着。”

艰难地说完，苏小梅顿感异常轻松，好像一根虽细小却一直令喉咙不适的鱼刺，终于被拔了出来。

苏小红渐渐安静下来，眼泪也悄悄遁了迹，不仅吃了半碗饭，还喝了一杯牛奶。苏小梅轻吁了一口气。人死后，被念起的总是这个人的好，何况是公认的好男人谢志勇。苏小红知道真相后，就会把谢志勇的功过抵一抵，这样下来，心里终归好受些。

“小梅，我没事了，你回去吧。”苏小红的声音很弱，很疲惫，却有着很难得的平静。

这么多天都没有回家睡觉了，苏小梅真想双臂一展，飞向家中的那张大床，可她没有走，毕竟刚让苏小红服下一剂猛药，还得再观察观察。晚上睡觉，苏小红一直辗转反侧，又怕扰着苏小梅，便刻意压制着翻身的动静。苏小梅说：“姐，反正我也睡不着，不如摆会儿龙门阵呗。”就把小时候的事一件件搜罗出来。也不知说了多久，苏小红仍在翻来覆去，苏小梅却已觉得，那声音，忽而就在耳畔，忽而又远在天边。

第二天下班后，苏小梅赶到饭馆，要了一份苏小红最喜欢吃的泡椒兔。

饭桌上，苏小梅问：“姐，好吃吗?”

“好吃。”

“小梅，”苏小红抬起头来，“你吃了饭就回家去，好好睡一觉，你看你，都成熊猫眼了。”

苏小梅差点儿被这句话呛到，是苏小红在说话吗？苏小梅也抬起头来，当她确定房间里并无第三人时，她捂着自己的熊猫眼，嘻嘻地笑了，笑得热泪盈眶。昨夜的不寐之后，苏小红走失的精气神终于回来了。

饭后，两人坐在沙发上说话，苏小红不再只做个听众，不时也会说上几句，她让苏小梅赶快回去，太晚了她不放心。

“你睡了，我就走。”苏小梅说。

苏小红听话地洗漱睡下，不一会儿，呼吸就变得平和而均匀，苏小梅这才轻轻带上门，回家。

夜很深了，街道两旁的楼厦已卸下灯火，步入黑沉的梦境。苏小梅知道，其中的两扇窗口是属于苏小红和她的，但显然又是不同的，她正奔赴她的黑沉，而苏小红已经拥抱了她的黑沉。谢志勇死后，苏小红第一次睡得这么快这么安稳。苏小梅握着方向盘，压在心底的万钧重担化作一团大容量的气流，从她噘起的嘴里徐徐吐出。夜风呼啊呼地涌进车窗，苏小梅感到说不出的舒爽。

家中无声无息。胖子又在外面应酬？启明星都在天边眨眼睛了还没回家，那么，这些天都是这样的吗？不过苏小梅才懒得去想，她大脑晕沉，眼皮沉重如山，那张多日不见的大床，犹如一面辽阔的大湖，让苏小梅立刻化身为一只久不见水的鸭子，扑通一声就砸了下去。

苏小红仔细回味着丈夫这个人以及与丈夫生活的点点滴滴。虽然苏小梅给她的一剂猛药刺激了她，可与谢志勇几十年如一日的爱和相濡以沫，让苏小红选择原谅谢志勇的酒后失态。苏小红愿意将谢志勇带给她的美好，连同谢志勇这个人，一并装在心里，勇敢而坚强地活下去。

“偷鸡贼”

潘老娘家又有一只鸡神秘失踪了。

她又站在院子里，跳脚大骂偷鸡贼，你看她，一会儿双手叉腰，瘦小的身板踩着骂声的节奏忽前忽后，一会儿又伸出一只手来，在空气中作激烈的跳跃运动。觉得骂累了吧，便把声音降低几度，扳起指头，从几只生蛋鸡的吃喝拉撒数起，渐渐到达做人的艰难、生活的不易等等更深的层次。

除了树上的知了就像是在和潘老娘对骂以外，整个鸦雀窝，没有任何声音去回应她的愤怒和伤心，连平日那些有一点儿响动就恶声恶气的狗也懒得搭理她，各自寻了荫凉处，腔不开气不出地打盹歇凉。

这时候，我正肩扛一根才做好的钓虾竿路过，本是去青云湖钓虾子的，我告诉我爷爷了，钓了虾子，炸得香喷喷的给他下酒，不过我临时改了主意。本来村子里谁家丢了一只鸡算不得什么，不过接连丢掉两只就有问题了，我的意思是，有那么一点点连环偷鸡案的意思了。这案子勾起了我的好奇心，也将我从小学就开始做起的“侦探梦”，从脑海中拎了出来。我准备接过这桩案子，于是，径直向发生在鸦雀窝潘老娘家的偷鸡案现场跑去。

“春娃子！放假了呀?”潘老娘咧着嘴巴。待我走到跟前，又“哎呀”一声，如同川剧里的高腔，清脆、悠长、抑扬顿挫，“这个娃儿都长恁个高了哒!”

按辈分，我该叫潘老娘“曾祖母”，我这个曾孙子的骤然来临，让潘老娘好一阵惊喜，生怕认错了似的，揉巴揉巴眼睛后，又盯着我从头到脚地看。这令我暗生惭愧，我在镇上读初三（哦，不，下学期我就要在县城里上高中了)，放暑假已快十天，整天坡上湖边的游荡，要不是这偷鸡的案子，还没向这位曾祖母请过安呢。

调查案发处的周围地形是一个侦探的基本常识，所以我在潘老娘的宅子周围走走停停。潘老娘有俩儿子，老大在县城当老师，老二在省城当民工，都忙，过年也未必聚得齐，青杠岭下的这幢青瓦老屋，单门独院，潘老娘一人住着。鸦雀窝是个山沟沟，住户散得很开，老屋周围的野草长得比她还高、比她还壮，藏人都不成问题，何况鸡乎?加上她已七十多岁了，眼睛、耳朵都不大好使了，偷她几只鸡似乎很容易。

潘老娘尖着嗓门冲我喊：“春娃子，那些野草草豁（刺）人得很，快到屋头来坐，看你一身的汗水哟。”

我答应着进了屋，光线立刻暗了下来，顿觉凉爽许多。

“来，春娃子，喝点水。哎，喉咙管都冒烟子了。”潘老娘端了一盅水过来，自己先仰脖咕咚了几大口。

一个侦探，会说不如会听，我支起耳朵，坐在潘老娘对面。但看她喋喋不休的架势，肚子里的话只怕是一憋好多年，而她说出来的，全与本案无关。我耐着性子听了半天，仍是如坠云雾之中，见势不对，果断地打断了她的话，将话题切入到母鸡被盗的正题上。谁知潘老娘关于母鸡的话，又如同涨潮的江河水，滚滚而来，只见她眯缝了眼睛，忽地就将时光拨回到去集市上买鸡的那一天，随后，母鸡一天天长大，黑鸡肯下蛋；黄鸡又贪吃又不肯下蛋，最小的那只麻鸡最挑嘴，瘦腔腔的，不长个子……听得我头皮一阵阵发麻，只好不歇气地把裁判“暂停”的手势递到她眼前，请她直接回答诸如“鸡是什么时候丢的?”“鸡平时爱在哪里找食吃”，以及“是否有可疑人员在附近出现”之类的问题。

“快使用钓虾竿，哼哼哈兮。”当我挥舞着钓虾竿从潘老娘的家里出来时，案件的大致走向已了然于胸。

对于我来说，此案不仅不复杂，且非常简单，甚至不需忍受潘老娘滔滔不绝之可怕絮叨。

鸡圈在屋子里，鸡们早上出门，黄昏回家，可以肯定偷鸡案发生在白天，天热，下午的鸦雀窝几乎看不到人影，因此，这段时间是下手的最佳时机，而留在鸦雀窝的总共就那么几个人，根本不用排除法就可锁定目标。

我非常自信地认为，梭镖子就是偷鸡贼。当然更准确地说，是偷鸡嫌疑人。

梭镖子，男，现年五十八岁，鸦雀窝人氏，未婚，身高一米六五左右，体重五十五公斤左右，刀把子脸，八字眉，长着一双在脸皮上开了一道缝的小眼，贼眉鼠眼这个成语简直就是为他量身定制的嘛。爱抽烟，一嘴巴焦黄牙。有住房，是老梭镖子留下来的竹篾墙烂泥巴房，就在潘老娘那幢青瓦老屋背后的青杠岭上。也就是说，潘老娘家的动静全在他眼皮底下。

梭镖子这个老光棍，一贯好吃懒做，小偷小摸，别人的田边地角顺菜摘瓜什么的，是再平常不过的事，村里的人一般也懒得去理会，不过骂他几句。这梭镖子，顺个瓜菜也便罢了，如果顺到老人家的鸡身上去，就不要再去想无人理会的美事了。

我一口气爬到青杠岭上，围着梭镖子的烂泥巴房子走了一圈，没有发现鸡被杀了烫了之后拔掉的鸡毛，当然他也不会胡乱丢弃，何况，也许他并非偷来吃，而是卖了换回烟酒也未可知。

捉贼拿赃，否则无凭无据的，换谁都不会承认，更何况梭镖子那种没脸没皮之人，反咬一口说被污蔑陷害又不是没有可能。

要证据就得蹲守，蹲守是个笨办法，但稳妥啊，既然得手如此容易，那么他必然还会出手。我心想能抓他个现形，反正是一个没有作业的暑假，闲着也是闲着。

隐蔽到作案人员容易逃跑的地方，也是一个侦探应知的基本常识，我潜伏在上青杠岭的路边，一棵大树下，密匝匝的青杠丛中。可是这活儿太不轻松，闷热不消说，蚊子、小咬少不了凑热闹，虽然抹了万金油，胳膊、腿上仍是领得不少红包。但为民除害的正义感、抓贼的刺激感、抓到贼的成就感，令种种困难通通归零。我跟在青云湖边钓虾一样鼓起眼睛，一动不动地等待猎物上钩。

以为怎么着也得守个大半天的，简直没想到，目标很快就出现在我的视野里，更没有想到，竟然不是梭镖子，而是大梅子，我隔了几房的堂嫂。

大梅子长得好看，一双大眼睛转呀转的能说话，刚嫁过来时，鸦雀窝的男人女人没谁管得住自己的眼睛，都直溜溜儿地盯着她看。大梅子不单人好看，还贤惠能干，我的堂兄除了个子矮了些以外，其实也不差，可人们还是认为他的运气好得没有道理，见了面就开他的玩笑，满嘴喷着酸醋味。大梅子本来两口子都在外面打工，几年前堂兄老母亲害病了，便没有再出去，也不抱怨谁，家里地里，起早摸黑地干。要换作别的女人，早一肚子怨气了，像鱼眼子的妈，也是因为婆母病后不能出去了，便成天的黑着一张脸，指鸡骂狗。

我的目光紧紧咬着大梅子，她就在数米远的杂草丛里。那片比潘老娘还高的杂草丛，正是潘老娘的鸡婆们出没的地方，大梅子就是从那里钻出来的，东瞅西望，典型的做贼心虚的样子。她距离我太近了，脸上有几颗汗珠子都看得清清楚楚。我不觉有些慌乱，立马按住心口，害怕心脏扑通乱跳的声音传到她耳朵眼里。

但是，大梅子显然比我更慌乱，蓬乱的头发上沾着几丝碎草，一件粉红色的短袖衬衣上，扣子扣错了，衣襟可笑的一边长，一边短。我捂着嘴巴咬牙切齿地笑，自己就老是在忙着出门玩耍时扣错扣子，我妈就训我：一天像打慌了的鸡一样，亲家都打错了！

因为偷鸡，大梅子居然也如此慌乱。只是她两手空空，并没有赃物，那么她是到这儿来踩点儿？还是偷鸡未成？不过话说回来，大梅子会偷鸡，就是打死我也不信，那她鬼鬼祟祟的又是干吗来了？

正琢磨呢，只见大梅子蹚水一般，踉踉跄跄地逃离了那片繁密的草丛。就在我收回目光的同时，又有一个人钻了出来，男的，可惜是个背影，因此不知张三李四王二麻子，系同伙？复杂了，复杂了，案件陡然变得扑朔迷离。我还在猜想那背影会不会转身时，那人却已经飞速消失。

我带着一肚子疑问撤退，路遇两个女人说起大梅子。

“你说这个大梅子，平时看起比哪个人都正经，哪晓得也是这号人。”

“正经？”

路过大梅子家，我的脚步不由自主就慢了下来。大梅子在院子里收衣服，见了我，急急走了过来，“呀，是春娃子！”

我扫了一眼她的衣服，原本打错了亲家的扣子，现在都已找对了自己的位置。

她家的院子还是那样齐整干净，柴垛一溜溜儿地码在院墙角，绿鲜鲜的莴笋、辣椒、小白菜，一行行招展在竹篱笆内。不过那壮硕的水花生草，也开始没皮没脸地集合起队伍，向院子挺进，它们与堂前的树、树下的菜蔬一样旺盛，一样绿得直晃人的眼。穿粉红衣服的大梅子置身在漫天漫地的绿色里，格外娇艳，也格外耀眼。

“春娃子，快来快来，我才摘了些果子，我给你拿去。”大梅子说着就进了屋。

换往常，我早“梅子姐、梅子姐”喊着，几步就跑她家去了，啃果子，和她说话。我喜欢与大梅子说话，她轻言细语，不像我妈，跟我一说话，那声音就嗖一下蹿得高高的。我也喜欢看她那双眼睛，亮得星子似的，温柔得汪着青云湖的水似的。

我一仰脑袋，双手圈了个喇叭筒，“不来了，我还忙着破案呢！偷——偷——偷，偷，鸡的案子！”说完转身便走了。打草惊蛇无疑是侦探之忌，我并不想告诉别人我接下了这桩连环偷鸡案，可如果不表明我的态度，心中又像被什么东西压着一样，不舒服，于是也顾不得那么许多了。

走了一会儿，我悄悄回过头去，见大梅子还定定地站在那儿，手上还捧着几个果子，再走几步，大梅子就变成了一个小红点，再走几步，那个小红点，就被四周撒着野的绿色湮没了。

我垂着头，恹恹地朝前走。我在想刚才那句话，那故意的停顿和拉长，算是将憋在心里的鄙夷、愤怒，以及种种说不出个所以然的情绪，小小地发泄了一下，可是不知怎的，心底却仍是莫名其妙地堵得更慌。

好些天了，我老老实实地闷在家里，爷爷出了门我就翻翻柯南·道尔的《福尔摩斯探案全集》，回来了我就给爷爷裹烟叶，听他天上地下的神吹。可就在这几天，潘老娘的第三只鸡又神秘失踪了，她又站在院子里，忽而跳脚大骂，忽而扳指细数。

我一时间懊恼无比，因为破案无力，给了偷鸡贼第三次得逞的机会，直接导致潘老娘第三次经济和身心受损。

不得已我又去了潘老娘的家，她依旧跟多年未见我一样，利索地将丢鸡的愤懑拂到脑后，把那些上不沾天下不着地的陈谷子烂芝麻，大桶大桶地向我倾倒过来，我嗷嗷叫着，抱着脑袋狂奔而去。

不行，绝不能让这案件无休无止地连环下去。

付出总有回报，这话真还说准了，我候了多时的梭镖子终于在这个下午现身了。

梭镖子穿着一件破洞汗衫子，灰渍汗浸的，看不出是个啥颜色了，隔那么老远，一股汗臭味蹿过来。我捂住鼻子，盯着那个缩着肩，弓着腰，鬼子进村般移动着的身影。只见那梭镖子一手提，一手托，小心翼翼地侍候着一个布口袋，这袋子不可能是拿来装鸡的，可他并没有无声无息地隐没在屋子周围，而是拿烟熏酒泡的鸭公嗓，冲着大开的房门，“潘妈、潘妈”地一阵嘶喊。

纳了闷了，偷鸡的贼居然回访鸡的主人？

潘老娘“哎哎”应着走了出来。

“哎呀，是梭镖子！你来了呀，快进屋坐，快进屋坐！”

我忍不住噘起了嘴，这声音，怎么能弄得跟见到我一样乐呵？

“潘妈，”梭镖子嗬哧嗬哧地笑着，“我在青云湖的芭茅里头捡到一窝野鸭蛋，给你老人家拿几个来。”

什么什么，梭镖子上潘老娘的家是来送野鸭蛋的？我扯了扯耳朵，唔，完全没听错。

“你自己吃嘛梭镖子，你看你，都瘦成个竹竿竿了，一天多吃点嘛，把身体补起来，哎呀，岁数也不小了，一个人……”

本来潘老娘又将她的话口袋往外倾倒，但梭镖子的“我还有，吃不赢，天热搁不得”，把她未说完的话给按了回去。

潘老娘接过布口袋，嘴巴开合着，坚持要梭镖子到屋里坐。

这潘老娘也是，别人看到梭镖子就会像议论大梅子的那两个女人一样，啪啪地冲地上吐口水，她倒好，把他当成贵客，非要领家去。

梭镖子说：“不坐了，潘妈，你把蛋捡了，我还要我这个布口袋。嘿嘿。”

“当真不坐了？梭镖子？”

“真不坐了，潘妈。”

“那你把蛋拿回去，我不要。”

“哎呀潘妈莫气，我坐，我坐。”

两人都进了屋，我半张的嘴巴还一直合不上。我确实没有想到，梭镖子会给潘老娘送野鸭蛋，即便是捡来的，要让整天提着一副嘴巴蹭吃蹭喝的梭镖子拿出来送人，不跟放他血一样？

“算我以前小看他了。”我哼唧一声。于是把梭镖子从偷鸡嫌疑犯名单中删除，那么，谁又是这桩连环偷鸡案的制造者？我把鸦雀窝的人齐齐拎到面前一一过了一遍，好像都不够此等偷鸡高手的级别，难不成是那天上飞的麻鹞子？但我只是在小时候见过麻鹞子，何况已经在潘老娘家周边巡查了，并未发现散落的鸡毛和血迹。案情越来越复杂，我反倒像被打了鸡血，越来越兴奋。

我把下午的事说给我爷爷听，满以为他准大吃一惊，并由此大发一通议论，不想他面容平静，吧嗒了一口烟后，只嗯了一声。

“我说爷爷，”我吹了吹蒙住爷爷那张脸的烟雾，“你就不发表一点看法呀？”

可他仍是不开腔，只把那烟杆儿敲敲，原来烟锅子闹饥荒了，我赶快把卷好的烟叶给烟锅子塞满了。看他又含了烟管，皱眉掀脸地，狠吸一口却不把烟吐出来，只把一双眼睛眯着，半晌，终于有烟圈儿徐徐绽放，轻嘘一口气后，这才说：“有个哪样看法嘛，梭镖子一天偷这顺那的，捡到野鸭蛋了，送几个孝敬长辈有个啥子嘛。”

这平淡的一句，却突然发出金石之声，一下震醒了我被几枚野鸭蛋蒙蔽了的感觉和分析能力，送野鸭蛋正是欲盖弥彰！正是此地无银三百两！梭镖子不是个好人，却是个人，连着顺走长辈辛辛苦苦养的鸡，心中也会有不安，刚巧捡到野鸭蛋了，送三五个，一来像我爷爷说的，也算孝敬长辈，二来正好探探潘老娘的态度。几枚送出去的野鸭蛋，抚平了梭标子偷鸡的不安、担心是否被察觉的不安，这下子指不定心就安了，这心一安了，指不定哪一天，那频频得手的手就又痒了。哼，好你个梭镖子！我咬了咬嘴唇，暗下决心，誓必将这个偷鸡贼早日捉拿归案，让潘老娘早一点儿认清他的嘴脸，不再认贼作亲。

我继续执行着我的蹲守任务，糟心的是，现实并不沿着我所期望的路线走，案子还没破呢，潘老娘就去世了。

太遗憾了！太遗憾了！我叹息不断，潘老娘还没有等到断案的那一天就走了。

青杠岭下那个冷清的院落，因为潘老娘的离去而猛地热闹起来，大儿子一家，二儿子一家，总之，在外面的晚辈们都回来了……比过年的阵仗还大。

梭镖子也来了，我不知道他那张刀把子脸上，此刻正上演着什么表情，我不愿多看他一眼，啪地一声就把口水吐在地上，一个大步迈进堂屋里，谁知迎面又碰上大梅子，什么运气这是？连撞两个偷这偷那的贼，我正寻思着也啐她一口，可惜念头出来了，口水却没有跟着出来。

“春娃子。”大梅子有些犹豫似的喊了一声，而就是这轻声一喊，弄得我反倒像是个贼了，也不敢多看她一眼，头一低便向灶屋蹿去。

潘老娘的小儿媳妇在灶屋里忙活，她是北方人，说普通话很好听，非常好听。

她说：“你们瞧这老太太，冰箱里怎么冻着这么多鸡呀，都塞满了，村子里该不会是遭鸡瘟了吧?”

告别桃花源

1

又一次与这张照片对视。我想，这是我最后一次看这张照片了。

《童真》是我给照片起的名字。江滩，三个孩子，三张花脸，三双童眸，构建出一个简单而快乐的世界，一个只有我才能够出入的桃花源。

不如意事常八九，但若八九齐上，或轮番进攻，直叫人沮丧得抬不起头来，想一记重拳击中对方面门却也只能想想之时，我就会灰起一块脸，踅进这座桃花源。

就在这时候，门边一扇敦实的身影晃过，是我老婆。尽管我并没有看她，但我清楚她那张油脂旺盛的脸上堆叠着什么表情，是努力制造出来的面无表情。以前她若是发现我看这张照片，必会问个不休叨个没完，那架势完全是奔流的江河水滔滔不绝，后来江河渐渐干涸，只剩一声擦过耳际的冷哼，再后来，天地一片阒寂。

其实我非常理解我老婆，换作我，肯定也是如此这般。不过，我今天不是来探访桃花源的，现在我已用不着再看这张照片了，这张照片也用不着再为我变身为桃花源了，我正要给它搬家，从书柜的一楼迁至顶层，从此互不打扰，各自安好。

我七拐八扭地伸了个悠长又悠长的懒腰，这才把照片放回盒子里。那是个锦缎盒子，朱红色。就在我合上盖子的一瞬间，三张花猫一样的小脸，又冲我咯咯地笑，三双黑漆漆、水亮亮的童眸，啪嗒啪嗒地眨巴。

时间过得真快啊！照片上的三只小花猫如今也已而立之年了，不知他们在看着这张照片的时候，是否也会发出类似的感慨？不过这只是个不存在的假设，因为他们中的任何一位都没有拿到过这张照片。

2

我是上车后才想起，今天是将照片给那三个孩子的日子，却也只能猛拍大腿。我是去省城参加文化系统青年骨干培训学习的，一个县只有一个名额，并且本县的这个名额是别人因家中有事才落到我头上的。“小丁啊，这个机会来之不易，你可不要辜负了大家的期望啊！”出发前，老馆长语重心长的叮嘱把我变成了啄米的鸡，不断地点头。

我把额头抵在车窗上，于是那条坑坑洼洼、鹅卵石暴露的水泥路，往后退着退着就退成了一片江滩。县城被江水分为江南、江北，江南是县城所在地，狭长逼仄，江北还没开发，平坦开阔，芦苇和灌木比赛着，扩张自己的地盘。

星期天，我带上相机去了江北，这部新买的尼康相机瞄上了江北那片辽阔的江滩。那三个孩子，脸上这儿一抹灰，那儿一团黑的三只小花猫，就坐在江滩上，在卵石砌成的灶边，办家家酒。一幅名为《童趣》的摄影作品就这样出现在我面前，只是当清澈得不染一丝尘埃的童眸、干净得不带一丝杂质的笑容跃入镜头之时，《童趣》的名字让位于《童真》。

“叔叔，你是从浮桥上过来的吗?”说话的孩子长着一双会说话的大眼睛，黑玛瑙一样，忽闪忽闪的，不只让人心动，还让人心痛。

“是啊，叔叔就是从浮桥上走过来的。”每到枯水期，江面上就会搭建起一座浮桥，“小朋友，你叫什么名字呀?”

“我叫王子浩，我四岁半了，他们都叫我小王子，嘻嘻。”

果真是个来自童话王国的小王子。我弯下腰，揉了揉他带着卷儿的细细的头发。

见小王子作了自我介绍，另二位也赶紧报上名来。

“我叫赵亮亮，我也是四岁半。”

“我叫李大同，我今年五岁了。”

“三个小朋友的名字都很好记呢。”

三个孩子都是发电站的子弟，他们指着不远处的一幢灰色建筑，要我看上面几个红彤彤的大字，说那儿就是他们的家。

之后他们继续游戏，我继续端着我的相机，一会儿蹲下，一会儿趴下，用镜头捕捉孩子们的童真童趣。

“叔叔，”小王子停下了手中的活，偏着脑袋，有些害羞地说，“你可不可以把照片给我们呀?”

“当然可以呀!”

“那你怎么给我们呢？”

“下周的这个时候，就在这儿，你们说好不好？”

三个孩子齐声说好呀好呀，并叮嘱我，说话要算数。

“没问题。”我一甩头发，三个字又响亮又干脆。

可是问题来了，江滩正在车窗外往后退，可是，我再一想，这能算是个问题吗？毕竟只是几个小屁孩儿，早把这事丢爪哇国去了吧，就算没忘，没有见到我，不还一样扔下这事，去哪儿疯玩吗？

江滩消失，我坐正了身子朝前看，于是我看到小丁正端坐在省文化系统青年骨干培训班的教室里。

3

半年的培训之后，或者说，《童真》这张照片出来之后，好运竟接踵而至。

先是在全省摄影大赛上获得优秀奖，尽管只是个末等奖，但毕竟是省级奖，对于一个初拿相机的新手来说，已是意外之喜了，我甚至在想，打动评委的或许并不是我的摄影技术，而是孩子们无邪的眼神和笑容。

随后，我以《童真》为题目创作的一首儿童诗歌，将省童谣创作大赛一等奖收入囊中。这算是又一个意外之喜，我并没有什么写作才华，这首儿歌之后，也再没什么拿得出手的作品了，只能说是几个孩子激发了我的灵感，成全了这首诗歌。

一首《童真》把我带进了省城，我从县文化馆调入省城的一个区文化馆。

就是在那段时间，我无意间发现，身边居然还有一片桃花源。整理书柜时，那张久已不见的《童真》出现在面前：三个孩子，三张笑嘻嘻的花脸，三双清亮亮的童眸。

久已不见的三位小男生，你们好吗？向他们打招呼的瞬间，久不露头的轻松感神奇地降临，天地也由此分为两个世界，屏蔽在外的那个世界很虚伪，你看到的未必就是真实的，真实的你未必就能看得到。

打那以后，跟上了瘾似的，要不了多久我就会去《童真》，那个不理尘世利益纷争的桃花源里坐上一坐，即便只能算一种逃避、一种遗忘，即便相对尘世的光阴来说不过片刻，一根绷得太紧的神经也可以趁机松它一松，要不然，说不准啥时就会啪的一声生生绷断。

我也曾带着照片回过县城，走向与三个孩子组成桃花源的那片江滩，可是迎面而来的并非是无际的卵石、绵延的芦苇，而是车流滚滚的滨江路、连成片的高楼大厦。因为建设航电枢纽工程，那个发电站也在完成它的历史使命后人去楼空。

世界变化实在太快，可我却仍在原地踏步。

虽然我的工作态度有问题，可我已不是那个一大清早还没到上班时间就坐在办公室的人，下午的时间也分外宽裕起来，坐得老腰痛了，我就站起来，迈开腿，去江边，去江边的湿地公园，去公园相邻的一座古寺，闲荡溜达去了。水鸟，江花，向东流的江水，从寺庙里传来的悠远而宁静的钟声……照相机早已成为文物，手机不是可以更随性地记录草长莺飞，花开花谢？

欲望少了，承受的负担就少了，人一轻松下来，哪里不是桃花源？所以，一次次为我化身桃花源的《童真》，从此无须再相见。

谁承想，这自在闲人的日子没多久就被打断了。

“老丁，单位实习生，还是你老乡呢，你负责带一下。”

4

当那个叫陆安安的大三女生站在面前时，我暗道，还好，没有直接回绝她。

这女孩长得确实好看，五官恰到好处，特别是那双又大又圆又水亮的眼睛。但好看还在其次，如今好看的女孩太多了，一双眼睛有多么漂亮不稀奇，久违的，是一双眼睛有多么清澈，多么干净。奇了怪了，一个大学生，怎么会长着一双孩童才有的眼睛？一双用来装大海和星辰的眼睛？更奇怪的是，这眼睛我竟然不觉得陌生。转念一想，既然是老乡，曾经遇到过也未可知，就像贾宝玉对林黛玉说，“这个妹妹我见过的”，当然我说的意思是，“这个孩子我见过的”。

我扎了根儿似的目光，在陆安安的脸上洇开两团红晕，也引出一丝恼怒和厌恶交织的神情。真还就是一个孩子啊，喜怒都写在脸上。

赶紧撤回我的心思，一边吭吭地干咳两声，一边端起茶杯，噘起嘴，脑袋摇晃着埋了进去。

我的举止给了同事口实，他们笑称，老丁对他的小老乡心存不轨。

既是玩笑，我也回以一笑，不解释，说了等于白说，他们不会信，更不会懂。

陆安安说是由我来带，其实大家都在争着当师傅，谁要送个文件了，谁要取份资料了，都喊她，即便是抬个手就行的不是个事的，也在那儿“安安、安安”地叫她。我没有开过他们的玩笑，不是不想借此回敬，是怕误伤了那孩子。

陆安安来后，我坐在办公室的时间就多了，但一个闲人是没有啥事对她呼来唤去的，只是把所学的所知道的东西，觉得对她有帮助的，都毫无保留地交给她，结果是她烟笼寒水的笑容终于有了温度，一声“丁老师”也终于从远在天边到近在眼前。

气氛倒是融洽了，陆安安的半年实习期却到了。同事为她办了个饯行酒，一桌八个人，酒都喝得有点多，话也都有点多。有人抱怨活得艰难，说人来到世上就是受苦的，活着如同受罪。就有人反驳，说你错了，人能够来到世上就是幸运的，得多少因果福报呢！

众人纷纷称是。

但陆安安说：“可我真的不知道，我来到世上算不算幸运。”

七个人里至少有六个人冲她抛出问号。

“要不是我哥哥没了，我也就不会来到世上了。”

六个新的问号几乎又同时抛了过去。

“我哥哥等别人送照片给他们，”一听“送照片”，我支棱起的耳朵本能地扩张到极致，随后，陆安安有些压抑的声音却如同惊雷，将我一下子炸成半傻状态，“可是没有等到，就打算到江南那边去等，谁知道过浮桥的时候，哥哥掉水里了。”

耳边乱糟糟一团，心中也是，她的哥哥，王子浩？赵亮亮？李大同？而她姓陆，而我连弱弱地问一句“你为什么姓陆”也是不能够的。会不会是我人老耳背听错了，还是我所听到的，其实来源于酒喝多了产生的幻觉？

我望着陆安安的脸，期待她能否给一个准确一点儿的答案。她的脸被酒精熏染得绯红，一双眼眸却仍是黑漆漆的，多么熟悉的眼神，熟悉得令人心悸。喝下去的酒突然间化成汗水，从额头背上，从手心脚底，从五脏六腑，涔涔滚落。不知是不是有人想缓和一下气氛，笑道：“安安，你大美女一个，你哥哥肯定也是个小帅哥，对不对安安？”

陆安安也笑了，“对啊，我妈妈说，我哥哥长得可漂亮了，人们都叫他小王子呢！”

打趣声四起，却全都化为群蝇被惊起时的一阵嗡嗡。

酒与血液突然间绞扭在一起，啸叫着，往上翻涌，想吐，我站了起来，扶墙而行。

“丁老师，你怎么了？”陆安安也站了起来。

我垂着头并不理她，只是摆了摆手。我怕我的脸吓到她，是的，我确定镇关西被鲁提辖打得开了个染料铺子的脸，此刻已穿越而来转让于我，比血更红的，比夜更黑的，比惨白的缟素更惨白的，比死灰的心更死灰的，一股脑儿齐聚于我的脸。

“放心吧安安，老丁今天比哪天都耿直，”他们哈哈笑道，“喝高了点，去吐了就好了。”

5

真的是喝得比哪天都耿直，所以吐得也比哪天都耿直，人被掏空了，却只装得下一双眼睛，一双清澈的、没有一丝杂质的眼睛。

下楼去收银台埋了单，打车，径直回家。我老婆以手扇鼻，问我在哪儿喝了酒。我笑笑，也不开腔，一把将人字梯拎到书房。酒确实喝高了点儿，头重脚轻，犯晕，踏上人字梯时，我竟不敢移动半步，只不断提醒自己千万千万要小心，仰头掉下去的话非死即残。我老婆尾随而来，气哼哼地扶住了梯子。她人胖，有的是力气，我感激地对她笑了笑，这才放下心来往上攀爬。

像面对的是一件珍贵的瓷器，从书柜顶层，我格外小心地取下了那个朱红的锦缎盒子。下梯子，我把照片拿了出来。老婆一见，朝我的后脑勺响亮地“嘁”了一下，扭头便走，又忍不住丢下一句：“这么久没看了，老毛病又犯了！”

我老婆一向眼睛雪亮，不过这次她只说准了前面一句，我的老毛病可没犯，况且，我也根本没资格犯这样的毛病。

轻轻摩挲着照片上的孩子，很轻，我怕我皮糙肉粗的手弄疼了他们，尤其是那个大眼睛的小王子。小王子来自童话王国，他与他的两个小伙伴一道，给我搭建起芳草鲜美、落英缤纷的桃花源，自己却早早住进了看不到阳光，也看不到花开的永夜。

“没问题”，又响亮又干脆的三个字，是我让他吃下的定心丸吗？

一滴眼泪，混浊、尘灰累累，重重地砸在照片上，我立刻拿袖子拭去，这样的一滴眼泪，与这样的一张照片，是如此的不般配。

把照片放进公文包，我轻手轻脚地出了门，但老婆的喝问仍径直砸向我的后背。她的声音很不耐烦，火星四溅，我却有一种莫名的感动，赶紧告诉她，下楼有点儿事，一会儿就回来了。

路上，我一直将公文包夹得紧紧的，就怕给人夺去一样。因为走路有些轻飘，左脚敲右脚的，所以在穿过滨江路时，我非常谨慎地左顾右盼，过了滨江路，再下几十级石阶，开窗可见的那条江就在我的脚下，哗哗流淌。

老家就在这条江的下游。

月光给江水镀了一层淡淡的银，零星的蛙声让夜晚的江边更安静。月是新月和蛙声出自三月，听上去尚有几分怯意。

江风清凉地拂过，脑袋好像不重了，脚也好像稳当许多，一切都好像恢复了正常。

江边一块石头很敦厚地承载了我，就在我双手抱膝、将公文包圈进胸口的刹那，头顶的那弯新月和三月里羞怯的蛙声，仁慈地覆盖了我。

胭脂花，开呀开

胭脂考上了县一中。一中是全市的重点高中，镇中上线的考生，数来数去拢共也就十来个人。土根本来就有点儿结巴，得到这个消息后更是激动得“你你你、我我我”的，愣是说不出一句完整的话来，索性不开腔，只龇了牙，一个劲儿地搓着手。

可是，胭脂一点儿也不高兴。

她抹着眼泪，往屋后的山岗跑去。一路上都有胭脂花追着她的脚步，郝家大山的人没那闲工夫去种什么花，偏偏这胭脂花开得哪儿哪儿的都是，路边、坡上、田间，再陡峭的崖壁都敢去，都能开得闹哄哄、亮灼灼。就更别说人家的院落了，一到下午，它们就打开紫红色的花瓣，吹起一曲曲意气风发的小喇叭。

这个时候，太阳正忙着往山的另一边赶路，吼了快一天的知了，也要歇上好一会儿才吱呀吱地，勉强咧咧嘴巴，不过这会儿的胭脂花正是精力旺盛的时候，一枝枝紫红色的小喇叭，正啪啊啪地打开。

胭脂坐在一块大石头上，呆呆地望着身边那些神采奕奕的小喇叭，换往常，早摘下一朵，掐了尾抽出花蕊，含在嘴里，嘀嘀嘀嘀地吹起来了。这时候，她再没心思去倾听它们发出的细而清亮的声音了，耳边盘旋着的全是土根刚才说出的那句话。土根的嗓子虽然有些低，又有些沙哑，可那句话，却无疑平地响起的一记炸雷，咔嚓嚓滚过她的头顶：

“胭脂，你妈妈，你亲生的妈妈找，找你来了，我，我们已经说好了，你，你明天就回，回你的家去吧。”

土根是50岁那一年，从徐家大沟一位大嫂的手中得到胭脂的。刚满月的小女婴，生了一张秀秀气气的鹅蛋小脸，像是知道自己不讨人喜欢，也不哭闹，就那么睁着眼睛，安安静静地看着土根。

土根姓郝，郝家大山的人说他就是个苦根，矮个子，胭脂一上初中就和他一般高了，腿有残疾，一长一短，走起路来就一踮一踮的，两道眉毛长得也挺有特色的，像两把扫帚斜挂在额头上，看上去就是一副苦相。而那张苦巴巴的脸，打年轻时就爬上了一道道褶子，所以好像从来就没年轻过。土根独自生活了大半辈子，不想一下子当上爹了，兴奋呢，连声道：“划，划得着，划，划得着。”笑得那脸上的褶子跟波浪一般，一圈圈地湮没了五官。

小女婴被土根抱回家的时候，房前屋后簇簇丛丛的胭脂花怒放着，像天边一片片姣美的云霞。

“丫头，我看你就叫胭脂吧。”土根怜爱地看着怀里的女婴。胭脂花皮实，好养活，哪儿都能长得好好的，壮壮实实的。

土根以前爱抽叶子烟，有事无事都握着一管两尺长的烟杆叭上几口，现在抽得少了，说添人口了，用钱的地方就多了，节约一个是一个，再说也别熏着胭脂，那么娇嫩的一个小人儿。村里人笑他，这下子捡回个金八宝。

胭脂早就知道自己是土根从外面抱回来的。见过土根的同学都说胭脂的爸爸怎么看都不像她的爸爸，长得难看就不说了，还那么老，说是爷爷还差不多。

不过胭脂从来没有觉得土根不好看。那时候，她学其他孩子吹胭脂花，吹不响，土根就说：“胭脂莫急，莫急，爸爸来教你。”其实土根也没吹过胭脂花，活了几十年了，对花儿草儿的都没拿正眼瞧过，有了胭脂后，那一朵朵紫红色的、散发着淡淡清香的小花儿，就一朵接一朵地别上了他那张黧黑粗粝的脸膛。当胭脂嘴里的小喇叭终于响起来时，那张气急败坏的小脸和那张笑纹荡漾的老脸，都同时开出绚烂的花来。这样的一张脸，怎么会难看？

胭脂也不觉得土根的腿有残疾。那时候，她在他的背上，看他翻过山，走过一条又一条狭窄的田坎。有一年，胭脂生病了，赤脚医生看了也不管用，土根就背着她去镇上。那会儿村里还没通公路，三十公里的山路，土根一踮一踮地走着，一会儿往上，一会儿向下，他的背摇晃着，但传到胭脂耳朵的心跳，虽紧促却沉稳有力，一点儿也不摇晃。那一年，胭脂 10 岁，土根 60 岁。住在卫生院里，胭脂问土根累不累，土根拍着他的腿，笑呵呵地说，“不累，爸爸的脚杆劲大，大，大着呢！”这样的一双腿，哪儿有残疾？

可是谁能想得到呢？就是那样疼爱着她的一个人，却狠得下心来把她送走，只因为当年抛弃她的那个人，又转了念头让她回家。

“你让我回什么我的家？你难道不知道这里就是我的家？”胭脂昂着头，一张鹅蛋脸上结满了寒霜。

“你妈妈，她，她想你回去了呀！从，从前是她不好，现，现在她要好好待你。”

妈妈，这个已离开胭脂整整 15 年的称呼，多么陌生又多么熟悉、多么向往又多么排斥的一个称呼啊！胭脂再度将脑袋往上抬了抬，不许集结在眼眶里的泪珠子冲出来。

“她要我回去我就回去呀？她只顾自己，就不管你的感受，也不管我的感受吗?”

土根坐在门槛上，点燃手中的叶子烟，使劲咂了一口，不想一阵咳嗽暴风骤雨般迅疾爆发，直把他呛得昏天黑地。有一段时间没抽烟了，似乎不大适应了。胭脂赶紧绕到土根身后给他捶背。

土根喘着气，一把抹掉呛咳出来的眼泪，歇了会儿，说“对，对了，还有你爸爸，也想着你，他在外，外头打工，干得好，每个月都给家里寄，寄钱呢。”

“我爸爸没打工，他叫郝——土——根，他就在郝家大山，哪儿也没有去。”

土根叹了口气，脸上那深如沟壑的褶子，便一圈圈地缠绕得更紧密了，于是那张脸，看上去也就越发的苍老枯瘠了。“你上了高中，开，开支就越来越大了，我也……”烟杆子往鞋底上磕磕，收了起来，这才接着说，“不大负，负担得起了”。

“这才是你的内心话，到底不是你亲生的。”胭脂的声音猛地变冷，把土根冰得哆嗦了一下。

“还说什么别人找来了，我看是你去找的别人吧!”胭脂丢下话，跨过门槛就往屋后的山岗跑去。

胭脂说的是气话，可还恰恰就说对了，正是土根去找的胭脂的妈。

郝家大山和徐家大沟相距七八里地，那一天，土根气喘吁吁出现在一幢两层小楼前，胭脂妈张大了嘴巴，按住了心口，怕心脏不小心扑腾出来。

在那栋贴着瓷砖的楼房里，两人一坐就是好几个小时，土根的身子越来越矮，而胭脂妈的眼睛越来越红。

土根临走时，还生怕胭脂妈不愿要回女儿似的，一个劲儿说胭脂如何的能干懂事，如何的让人骄傲自豪。

“大妹子，你相信我嘛，这朵胭脂花呀，将来，准，准能开到北京去。”

土根要把胭脂还给她的亲妈了，郝家大山的人一下子闹腾了，说什么的都有。

有人说土根太傻了，养了十五年了，就是块石头也焐热了，焐软了，那婆娘凭啥想要就要回去？你土根又凭啥就依了她？

有人说是土根心好，那家人日子过得不错，胭脂以后上高中上大学就不用为钱发愁了，土根是为孩子的将来考虑。

也有人说，兴许是那家人给的钱多？

话音刚落，就有人掷过去一个冷笑，这是说的啥呀？土根是那样的人吗？

附和的声音四处冒了出来，都道，土根也不想想，把辛辛苦苦养了十几年的娃儿送走，不就是把以后老了动不得了，有个端茶递水的指望给送走了吗？

村里的云婆婆平时基本不出门的，听说了这事，也在重孙子的搀扶下上土根家来了。按辈分云婆婆是土根的伯母，快九十岁了，银发绾了个小髻，说话颤颤巍巍。一进门，就拿拐棍在地上敲敲打打。

“土根你这个哈笼包（傻子）！说送走就送走！”

“伯妈，胭脂上，上高中了，要用钱，钱的地方，就越，越发的多了，跟着我，就，就只有过，过，过苦日子。”

“土根你只看到眼前，再哪个样子苦法，也是要过去的嘛，一过去，好日子不是就来了吗？”

“伯妈说，说得是，但胭脂她，她妈不是想她回去了嘛。”

“她妈想她回去就得回去？问题是人家胭脂不愿意回去，你还非要把她送走。你看看你这张脸，老腊肉样，一点儿血色都没得，胭脂在你身边，好歹也有个照应嘛。”

“我也想把胭脂留在身边，可她打生下来就还没喊过妈呢，如今她妈找她来了，胭脂也有妈可以喊了，这是好事呀，我得成全，不能阻拦呀！”

结巴土根，竟然顺顺溜溜的，一口气说出一段话来，让郝家大山的人再也无话可说，再也无人来劝。

太阳已赶到山的另一边去了，知了的吱呀吱也越发含混，胭脂仍然一动不动地坐在那块大石头上，坐了有一阵子了，土根丢到她耳边的那声炸雷，仍然让她晕晕乎乎，回不过神来。眼前是举着紫红色小喇叭的胭脂花，脑海里却是一团扯不清的乱麻。

“胭脂！胭脂！”土根焦灼的呼喊从半山腰传了过来。不一会儿，草丛中就露出一个白发苍苍的脑袋。

他的头发怎么全都白了？上次回来不还是花白的吗？胭脂的鼻头一酸，却在他一瘸一拐的身影出现在面前时，嘴一噘，腮帮子一鼓，起身就从另一个方向下山了。

才吃过早饭，土根就说：“胭脂，我们走吧，这阵凉快些，等一阵太阳就更大了。”

两个人，一人背一大包，一人扛一大包，胭脂走前面，土根一摇一晃，紧紧地跟着。

路上的胭脂花朵瓣闭合，一律低着脑袋一言不发。胭脂同样如此。而土根走得张着嘴巴呼呼喘大气了，照样有说不完的话。

他说：“回家了要，要听妈妈的话，就算她话说重，重了点也莫生气，那，那都是为你好。”

胭脂不说话。

他说：“这些年她也记挂着你，要不然，怎么会，会来找我，怎么会，会把你接回去嘛。”

胭脂不说话。

他说：“你别怪你妈，她当年，也，也是没有办法。”

胭脂不说话。

也许是这样的吧，胭脂出生时，已经有个三岁的姐姐了，家里穷，可无论怎样都还得再生个弟弟，就托人把她送走。不过，是这样又怎样呢？胭脂加快了步伐，毫不费劲就把土根和他那些不停的叨叨，远远地甩到后面。

比胭脂长三岁的姐姐，初中一毕业就到外面打工去了，家里还有个上小学的弟弟，黑黑的皮肤上像抹了层油，个子小，却分外结实，活像块铁疙瘩。天上掉下来一个生得好看成绩又好的姐姐，如同磁场，牢牢地吸住了这块“铁疙瘩”，跟个甩不掉的小尾巴似的黏着胭脂，讲些稀奇古怪的事情，问些稀奇古怪的问题。胭脂虽有些烦他，却也觉得，没有这块稀奇古怪的“铁疙瘩”，这个注定郁闷透顶的暑假必定会更难挨。

胭脂妈很疼她，整日“胭脂、胭脂”地喊着，跟土根一样疼她，仿佛下了决心，要把抛弃她的十五年空白时光补回来。不过胭脂总是爱搭不理。胭脂妈现在对她这么好，以前却不要她；土根以前对她那么好，现在却不要她；胭脂妈明知土根会难受却要把她要回去；土根明知她会难受却不要她留下来。大人的世界怎么这么复杂？

既然人家郝土根都不要自己了，自己为什么还叫“郝胭脂”？她对胭脂妈说，“我不想叫郝胭脂这个名字了，你去公安局把我的名字改了吧!”

胭脂妈却笑了笑，说，“郝胭脂，好胭脂，多好听的名字呀!”

胭脂成为高一新生不过一个多月，土根就过世了。

消息是放月假回徐家大沟时胭脂妈告诉她的，说土根就葬在郝家大山和徐家大沟交界的山洼洼里。胭脂心中猛一咯噔，回家的路上就发现那儿垒起了一座新坟，怪不得当时说不出为什么，心里头一阵一阵发紧、发慌。

胭脂突然间明白了什么，放下书包就往回跑。

斜阳下的山洼洼已有了萧索秋意，尽管到处都有胭脂花的影子，但走进十月的小花儿，一朵朵的已开得有些憔悴，犹如一颗颗紫红色的、硕大的泪珠，滴落在山洼里。

胭脂扑在坟头，哇哇地哭。

“我就知道你在骗我，我就知道你不会不要我!”

是的，土根，把她捧在手心里，把她背在背上，一天天看着她长大的土根，怎么会不要她?

几个月前，土根觉得身体不对，平日里有个头痛脑热的，都在赤脚医生那儿拿点儿药，可这次感觉和从前不一样，便坐上车，到了镇上的卫生院，然后又到了县城的医院，城里的医生说晚了。土根心头一凛，要医生告诉他有多晚。回答说也就几个月的时间吧。嘱咐他想吃啥就吃啥，想喝啥就喝啥。

回到郝家大山的土根没时间琢磨吃啥喝啥，全拿来琢磨胭脂的将来了，胭脂一个人可怎么过?于是他登上了徐家大沟胭脂妈的家门，他要让胭脂妈接受胭脂，也要让胭脂接受胭脂妈。想来胭脂妈那儿应该不那么难，不过胭脂这儿可就没那么简单，像她那样的倔脾气，那么要强的性子，不想个周全些的办法，是决计不肯回家的，就算万不得已回去了，只怕也是过得别别扭扭，不痛快。

胭脂垂着一双红肿的眼睛从山洼回来，坐在一边，一言不发，弟弟“铁疙瘩”绕着她转，追着她问也不开腔。胭脂妈挥挥手，让“铁疙瘩”先一边去，然后进了卧室，拿出用毛巾包着的一沓钱来。

“你土根爸爸存了五千块钱，说等你去县城读书好用。他拿给我的时候，我不收，他就说，不是给我的，是给他女儿胭脂的。胭脂，妈妈不如你的土根爸爸呀，妈妈对不起你。”

胭脂捧着钱，眼泪哗啦啦就流了下来。

胭脂妈陪着她落泪，土根送回胭脂的来龙去脉，就顺着泪水一点一点流淌出来。

胭脂一跺脚：“这个爸爸，生了这么重的病也不告诉我。”

“他就是因为生了这么重的病，才不愿意告诉你。胭脂，你要活得高高兴兴的，你土根爸爸在那边，才会安心。”

胭脂点了点头，说：“妈妈，不要改我的名字好吗?”回到徐家大沟三个多月了，胭脂第一次将“妈妈”喊了出来。

“不改。”胭脂妈一把搂过胭脂，擦着眼睛，哽咽道，“我们一个字都不改!”

回到学校后的胭脂，仿佛变了一个人，不再像一个月前那样烦郁，也不再觉得孤单。

三年高中生活忙碌而充实地成为过去式，就要去北京念大学的胭脂，去跟土根告别。

山洼洼里很安静，小小的胭脂花却不忘把动静闹大，这儿一丛那儿一簇的，怒放着，像天边一片片姣美的云霞。

泊在团团紫红“云朵”中的那方坟墓，被打理得规规整整，干干净净。每到清明，胭脂妈都会到这里来转一转，坐上一坐。“铁疙瘩”对胭脂说，妈妈老喜欢跟土根伯伯说话，碎碎念念的，也不知道说的啥。

“你土根伯伯知道。”胭脂拍了拍“铁疙瘩”的肩膀，微微一笑。

是的，土根都会知道的。胭脂坐在坟前，不停地同土根说话，笑着，流着泪。

太阳就要落到山的那一边去了，炊烟的味道飘了过来。

“好了，我得走了。”胭脂站了起来，“明年再来向你汇报哟，爸爸，我的土根爸爸。”

胭脂转身离开的时候，身后的胭脂花，在草间，在树旁，在石头的缝隙里，灼灼的，亮艳艳的，开呀开。

年年春来

春天一到，鸦雀窝的花花草草便闹腾起来。先是青草儿噌噌地往上蹿，野花儿噼噼啪啪打开，然后就是樱桃树、桃树、梨树、杏树……一个个搞得跟比赛似的，争先恐后地把粉的、红的、白的花骨朵儿一簇簇一团团地挑在枝头上，看谁更美，谁更香。鸟儿们也像久别终于重逢，都把那憋了许久的心事翻出来，成天价闹闹喳喳没个完。

春天是多么美丽啊！语文老师在课堂上满面春风地抒情：春天，不就是老天爷用一双妙手，为我们描绘的一幅画吗？

是吗？可是，柳翠偏偏就不喜欢这幅画。

山坡上、树林子里越是热闹，村子里就越是清静，一开春，回家的男人女人就陆陆续续地把背影扔给了鸦雀窝，年年都如此。蜿蜒的山路上，那些走着走着就消失了的背影里，也有柳翠的爸爸妈妈。

妈妈我恨你！柳翠站在屋后山坡的坡顶上，把双手圈成喇叭，扯开了嗓子喊。

后山是鸦雀窝最高的一面山坡，柳翠的奶奶说，翠儿，你要是想爸爸妈妈了，就站在山上喊几声，他们就晓得了。柳翠没那么想爸爸，她还不会说话的时候，爸爸就外出打工去了，现在她已经十一岁了，爸爸总共也就回来过五六次，她觉得，跟爸爸一点儿都不熟。

柳翠想妈妈，所以时常会跑到后山上，喊“妈妈我想你”，或者喊“妈妈你快点回来”。然而妈妈还是根本不知道似的总是不回来，还是一回来就张罗着订火车票，好早些赶回深圳的厂子。

他们一走，那个整天缠着妈妈的鼻涕泡又该缠着柳翠了。弟弟就是个难缠的鼻涕泡，打生下来就爱哭，涕泪交加的，妈妈说，吵得她就没睡过安生觉。现在都上小学了，还动不动哭鼻子，上学放学的路上，追不上走在前面的树正、柳翠他们就不依，一路干号着也没一滴眼泪，只在脸上亮一两盏小灯泡似的鼻涕泡。

都怪妈妈。柳翠气呼呼地噘着嘴，翻出个白眼仁，投给千里之外的妈妈，又举起“喇叭”来，憋足了劲儿，接二连三地喊妈妈我恨你，喊得那脖子上的青筋直跳，一张小圆脸也涨得红彤彤。

吆喝几嗓子后，心中真还舒服多了，就砰地一下，倒在被太阳晒得暖融融的草儿们身上，先捡两枚树叶子遮住眼睛，再顺手扯来一棵茅草根在嘴巴里嚼，甜丝丝的，算是犒劳一下喊痛了的嗓子。上回和几个同学在山坡上玩，柳翠嚼着茅草根，树正说，茅草根不能吃多了，不然会流鼻血的。她偏不听，偏要吃很多，结果真流鼻血了，树正赶紧找来细嫩柔软的草叶，揉碎了让她塞在鼻孔里。不就是几滴鼻血嘛，看把你给慌的，一点儿不镇定。柳翠斜着一双眼睛笑他，树正老实，那张圆圆的脸盘子一下就变成了一张红盘子。

树正，柳翠想起来就叹了口气，若要与树正比，自己真是幸运多了，不只有爷爷奶奶，还有个鼻涕泡，那个爱哭鼻子的自不必说了，爷爷奶奶越活越像两个小孩子，整天吵吵嚷嚷，院子里闹欢着咧。

而树正的姐姐去年初中毕业后，也随父母出去打工了，陪着他的就只有爷爷了，这老头儿和树正一样，都不爱说话，柳翠真的想象不出，两个人整天大眼瞪小眼的是个啥滋味。不过还算好，年年春来，燕子都会上他家筑巢，大燕子，小燕子，堂前檐下，飞来飞去，啾啾啁啁的，可不就是来给树正和他爷爷搭伴的吗？

这燕子准又在树正家修房造屋了吧，得瞧瞧去。柳翠呼哧一下站了起来，拍拍身上的草和泥，一溜烟儿往山下跑去。

柳翠喜欢和班里的男同学在一起，她不喜欢同女生玩，嫌她们磨叽，不爽快。她自己也是个男孩子性格，还在娘肚子里就被认为是个调皮男孩，她妈说，总不肯老实一点，成天蹬得她肚皮痛。落地时，她妈指着她的小脑门，咬着牙说，你这个小东西，骗得我好苦哟！好像人家柳翠是个骗子似的。

柳翠最爱往树正家跑，不只是因为近。别看树正话不多，成绩却是班上数一数二的，老师说，如果班里只有一个名额能上县中，那么除了树正，没别人。

柳翠老远就看见树正爷爷杵着一根树棍子站在院子里，树正爷爷还和经常一样，仰着头，半张着嘴，像他手中的那根树棍子，一动不动地杵在屋檐下，可那双看上去昏濛濛的眼睛，却不像树棍子那样木木呆呆的，盛着疼爱，藏着笑意呢。树正爷爷不爱说话，可他喜欢跟燕子嘀咕，也听不清在说个啥，怕只有燕儿们才懂。

燕子果然又来了，翻飞，呢喃，细细商讨如何为父为母。

翠儿，莫去戳燕子窝啊，也莫把它们吓到了。柳翠每回来到树正家，树正爷爷都不忘把这话拿来叮嘱一遍。

燕子是吉祥鸟，能带来幸福平安，谁家不想燕子光临呢？树正爷爷健康长寿，树正爹妈挣足了钞票早日回家，树正成绩好身体棒……这些个心愿，可都一样一样的在燕子窝里伏着呢。

听树正爷爷又搬来那句话，柳翠心头不痛快，她确实像个男孩子，可是燕子那么可爱，更何况还给树正搭伴，她再怎么捣蛋，也不可能去干这样的事嘛。

我——晓——得！柳翠拖长了声音应道，她翻出个白眼仁，正准备使点劲扔到树正爷爷的背上去，一看，才几天不见，那背咋又弯下去好多，便又忙着收了回来，跑到院门边，等树正。

太阳公公往山的那一边赶路的时候，树正牵着一只肚皮吃得溜圆的小山羊回来了。

“树正，树正，燕子又上你家来啦！”柳翠指着两只飞来飞去的燕子，不住口地说，“你看嘛，看嘛”，好像树正不知道家中来了燕子一样。

两人就叽叽呱呱地聊起燕子来，还为燕子爹妈会养几个宝宝打起了赌，他说四个，她说准是五个。树正平时话不多，可一旦和柳翠说到他家的燕子，也是不输给柳翠的。

这时候，柳翠爷爷喊柳翠回家吃饭的铜锣嗓子，咣咣地在对面山坡上敲起来了。

树正，我走了，明天再来看你家的燕子！柳翠撂下一句话就开跑，一束扎得高高的马尾，轻快地跳跃着。

燕子一来，春天也就没那么讨厌了。

“小燕子，穿花衣，年年春天来这里，我问燕子你为啥来，燕子说，这里的春天最美丽”，有时候，柳翠随口一唱，就会冒出这么几句。她也像歌儿里唱的那样，好奇地问过树正家的燕子：你为啥年年都到树正家来？学校没教过这歌，是听妈妈唱的，从前妈妈抱着鼻涕泡时，就爱哼这几句，可她才想不到要去问燕子什么话呢，她要想的事情太多了，比如弟弟咋这么爱吵，坡上那块地里的收成如何，啥时去南方与爸爸会合……就算是太阳打夜里出来，去问了小燕子为啥来，估计人家也同样没空理会，筑窝、孵蛋、找虫子，翅膀扑嗒扑嗒地扇，恨不得多长出一双来。

鼻涕泡刚满三岁，柳翠妈就赶赴深圳与柳翠爸胜利会师了，这之后，他们基本上两年回来一次。而燕子，年年春天都来，但不知怎的，就是不把窝建到柳翠家去。奶奶抱怨道：这是怎么一回事哟，眼睛都望酸了，颈子都抻成鹅颈子了，也不上咱们家来。她还抟了泥巴，一边叽叽咕咕地叨着些啥，一边在墙壁上糊了一个看上去很滑稽的小窝，可那燕子还是不来。爷爷说她是个疯老婆子，不就是几个燕儿嘛，奶奶就啐他是个糟老头子，闲事管得宽。

柳翠当然也巴望着燕子能到家里来筑窝，不过实在不来也没有啥，它们只要年年都去树正家，也是好的。

去树正家的两只燕子很快就当上了爹妈。为证明谁猜对了，屋檐下，两颗仰着的脑袋急迫地挤在一起，一探究竟。只见燕子窝里，四个毛团团举着四张黄黄的嘴巴，呷啊呷地大张着，等妈妈。树正拍掌欢呼，我赢了！哪知柳翠翻着白眼，说还有一只，也许是因为个子太小，被哥哥姐姐挡住了。慢慢地，燕子宝宝离开燕巢，院子里学飞了，一数，还是四只。树正得意地笑，这下子你没的说了吧？可柳翠还是翻着白眼说，怎么没的说，是那只小个子贪玩，走丢了，找不到回家的路了。但是，柳翠的表情突然间变得很严肃，总有一天，它一定会回来的。

好吧，又算你赢。树正无奈地撇了撇嘴，学柳翠，也对她翻了个白眼仁，不过学得不像，仍是一双黑眼睛，乌溜溜、亮晶晶。

等到六月间，又要出一抱燕儿啰。半天没说话的树正爷爷终于开腔了，也不知是对身旁的两个孩子说，还是对他自个儿说。

可惜树正爷爷没有等到新一窝燕儿的出世，他是在睡梦中没的，走得悄悄默默，如同夕阳下山，一闪，就没了。

不过，鸦雀窝的人都说他走得热闹。

他的儿女们和儿女们的儿女们从各处赶来，聚在树正家这个冷清了多年的小院子里，就是树正爷爷的生日也没见这样齐整过。

一阵一阵开着红花的鞭炮，照亮了半边天空。长衫长发的先生忽而双目微闭，念念有词，忽而高喊一声，目光如炬。敲玩意儿的戏班子，则不时在锣鼓声里唱川戏，那凄厉高亢的唱腔，大锯一般，拉扯着鸦雀窝静寂的夜晚与白天。

那些人让树正爷爷热闹了多少天，就让柳翠的心战栗了多少天。

树正爷爷被送上山后，小院子又恢复了往日的沉默。

柳翠一路小跑着来到树正家，到得院门了却又没进去，靠在门边，悄悄摁住一颗扑通扑通乱跳的心。

“燕子哪儿去了？树正，怎么没看到燕子了?”柳翠瞪大了眼睛，朝院里四处张望。

“死了。”树正蹲在地上，埋着头，拿块土坷垃在地上来来回回地划拉。片刻后，又闷着嗓子说了句：“全都死了。”

柳翠啊了一声，怔在那儿，傻乎乎地张着嘴。半晌才抬起头来，盯着屋檐下孤孤单单的燕子窝，眼睛里涌出泪来。燕儿们是怎么死的，是戏班子嫌碍事将它们赶走了，还是戏班子震天动地的闹嚷吓坏它们了？还是，树正爷爷连招呼都不打一声，就兀自悄无声息地远去，因此伤它们的心了？

一星期后，当柳翠再一次站在树正家那个小院子外时，燕巢空荡荡的，院落空荡荡的，柳翠的心，也是空荡荡的，只是她的脸颊，挂满了亮闪闪的泪痕。

树正已经和他爸妈一道走了。课堂上，老师说，如果班上只有一个名额能上县中，那么除了柳翠，没别人。柳翠的眼睛里忽然就滚出泪来，又着急忙慌地胡乱拭去。同学们都咯咯地笑，没这么受不了吧，看把她给激动的。

柳翠奶奶说："树正这个娃娃平时那么老实，一听爹妈要把他带到广东去念书，又哭又闹的。"奶奶叹了口气，又说："这个树正妈也是，娃娃既然那么不想走，你就留在屋头管他嘛。"爷爷一听，冷笑道："我说你这个老婆子是站着说话不腰痛，留在屋头，一个月白花花几千块钱不挣了？"两个人，又你一句我一句地打起嘴仗来。

柳翠死死地闭着眼睛，死死地捂住耳朵，把爷爷奶奶，还有树正，通通关在外面。

时间过得真快呀，柳翠奶奶明明还在那儿跟个孙猴子似的，手搭凉棚，张望着雪粒子乱飞的村口，这闹哄哄的春天又来了，而刚回到鸦雀窝没几天的那些人，又忙匆匆地离村走了。

柳翠的爷爷奶奶还是那么爱拌嘴，长了一岁的鼻涕泡倒懂事多了，像个男子汉了，偶尔也要在脸上鼓一两盏鼻涕泡，但并非缠着柳翠，是逗她乐的。可柳翠总是恹恹的，唉，已经是六年级下学期了，得为老师的那句话做最后的冲刺了，却偏偏做什么事都打不起精神来。

放学了，以前老在后面嚷嚷的鼻涕泡，一会儿工夫就冲到前面去了，柳翠磨磨蹭蹭地走着，也懒得去追。

还有一根田坎才到家，柳翠奶奶那尖细的声音，已擦着田坎边的几树桃花飞奔过来，翠儿，翠儿，快来看，燕子到我们家来了！

鼻涕泡也返身跑了过来，姐姐，燕子上我们家修房子来啦！这小子太激动了，啪地一下就把一盏圆圆的鼻涕泡点亮了。

柳翠胡乱揉了揉鼻涕泡的头发，几步便将他撇在身后。

院子里，奶奶看着屋檐下那个粗具规模的燕子窝，惊喜莫名。爷爷也微咧了嘴，眯缝着眼睛站在旁边。两个人的神情那么像，对了，柳翠爸妈回来时就是那种样子。

两只燕子，穿着一身簇新的燕尾服，可精神了，眼下正为那个安放甜蜜，安放喜庆和温馨的小巢而忙碌着呢。

柳翠一出现，其中一只燕子立刻滑翔过来，似乎很早很早以前就认识柳翠了，绕着她，飞来飞去，一丝翅羽都贴着脸庞了，滑溜溜儿的，麻酥酥的。那鸣声真的跟撒娇一个样，听上去那么委屈，却又那么欣喜。

柳翠愣了愣，把书包往石磴子上一丢，撒开欢儿就往后山跑去。

“树正，树正，那只燕子飞回来了，就是那只走丢的小燕子！”柳翠一边跑一边抹着眼睛，她跑得那么快，像在飞，像一只拍打着翅膀的小燕子，在扑嗒扑嗒地飞。